华北抗日根据地及解放区文艺大系

陈 晋 郑恩兵 主编

河北红色文艺
作品选

散文卷

郑恩兵 王 勇 高露洋 编

河北出版传媒集团

河北教育出版社

化创新意义被严重遮蔽。这些史料文献主要以党报党刊的形式呈现，梳理汇编这些党报党刊中的革命文艺史料，借之以探索华北革命文艺的发展路径、发展方向、创造机制和创新经验，是深入贯彻习近平总书记关于"把红色资源利用好、把红色传统发扬好、把红色基因传承好""用好红色资源、赓续红色血脉"等系列重要讲话精神的有力举措，也是新时代文艺研究者不可推卸的责任。

2017年6月左右，我们去中国社科院文学所拜访时任所长刘跃进先生，协商合作研究事宜，寻求中国社科院文学所的帮助。请教过程中，刘先生建议我们结合地方特色，做好地方红色文艺文献的搜集整理与编纂出版工作。经过一段时间筹备，2017年底，我们以"河北红色经典系列丛书"为名，正式申报"2018年度河北省省级宣传文化发展专项资金"项目并成功立项，旨在通过选定刊行河北红色经典作品、梳理汇编河北红色经典研究资料、系统阐述河北红色经典发展历史等基础性工作，打造一个集大成式的河北红色经典文献资料库。

项目最初设计共二十四卷，包括六大板块：《河北红色经典史》一卷、《河北红色文艺作品选》六卷、《河北红色经典作家作品索引》三卷、《河北红色经典研究资料汇编》四卷、《〈晋察冀日报〉副刊文学作品全编》六卷、《晋冀鲁豫抗日根据地文艺作品及〈新华日报〉太行版文艺作品汇编》四卷。但在项目实施过程中，我们充分吸收专家意见，认为网络时代和大数据背景下的科研活动有了很大变化，《河北红色经典作家作品索引》与《河北红色经典研究资料汇编》的编纂工作，在当前学术生态中价值不大，并予以取消。同时，在项目实施过程中我们发现，《晋察冀日报》《人民日报》等党报除刊发大量文艺作品外，还有大量记录边区文艺工作者行迹，反映边区戏剧、音乐、文学、美术、舞蹈、曲艺活动与报刊书籍出版发行等各方面情况的文艺史料，以及体现我党文艺方向、方针变化的政策文件与重要领导讲话，是华北地域党和人民对敌作战的重要宣传武器，更是飘扬在华北地区军民心中一面旗帜。这些史料是华北地域革命文艺发生、发展与壮大的真实记录，对我们正确认识革命文艺的特点与历史地位有重要的决定性作用。

为此，我们精心整理了《〈晋察冀日报〉文艺文献全编》《晋冀鲁豫〈人民日报〉文艺文献全编》《〈晋察冀画报〉文艺文献全编》《晋察冀日报社人物志》（共五十一卷），同时收入全国抗战时期和解放战争时期与河北地域相关且被广大群众所喜爱并广泛传唱的红色文艺作品，结集为《河北红色文艺作品选》（共六卷），至此形成丛书目前的五大板块，而且将名称由"河北红色经典系列丛书"改为"华北抗日根据地及解放区文艺大系"，方便以后在此基础上做进一步拓展。

二、地域范围及文艺特质

华北抗日根据地包括当时山东、河北、山西、察哈尔、绥远、热河全部及豫北、苏北、皖北部分地区，分晋绥、晋察冀、晋冀豫、冀鲁豫、山东五大块。1941年，冀鲁豫合并到晋冀豫，称晋冀鲁豫。其中晋察冀抗日根据地作为开辟最早、地域最大、人口最众的模范抗日根据地，是华北抗日根据地的坚强堡垒，牵制和抗击了三分之一以上的华北日军和二分之一的伪军。

在河北及其邻省周边地区开辟与创建华北抗日根据地，是红军长征到达陕北之后党中央迅速做出的重大战略决策。这些根据地地处对日武装斗争最前线，不仅打开了抗战的新局面，成为华北敌后抗战的主战场，而且进行了新民主主义社会的实践探索，对解放战争的历史进程产生了巨大影响，成为我党开辟东北解放区的前进基地和逐鹿中原的战略后方。随着抗日根据地的开辟，延安文艺工作团、西北战地服务团、东北促进纵队干部队、八路军总政治部前线记者团等大批文艺工作者，随同党政干部一道陆续抵达华北，东北、平津的青年学生也纷纷冒着生命危险来到边区。他们一手拿枪，一手拿笔，深入农村与抗战前线，切身体会工农兵的生活，深刻了解工农兵的需求，从而根本上克服了艺术至上主义思想倾向。所以，华北抗日根据地及解放区文艺，既响应了伟大的民族抗战对文学艺术提出的时代要求，亦充分兼顾到广大人民群众的接受习惯和欣赏水平，真实地反映了华北人民火热的战斗与生产生活。很多作者本身就是农民、战士或基层工作者，他们把自己的经历和熟悉的人和事，通过小说、戏剧、诗歌、报告文学、歌曲、绘画、舞蹈等文艺样式记录下来，语言通俗平实，富有生活气息。由于产生于特定时代、特定区域而又适应特定需要，故而无论是题材、语言还是风格，在体现革命大众文艺共性的同时，又具有强烈的华北地域特性。

华北抗日根据地及解放区文艺的繁荣发展，是专业文艺工作者与工农兵群众共同创造的结果。人民群众不仅是革命文艺运动的主导主体、推进主体、受益主体，还是一切成败得失的评判主体。华北抗日根据地及解放区文艺，归根结底，是"以人民为中心"的文艺。

三、学术价值

今天的河北在抗日战争、解放战争时期是晋察冀、晋冀鲁豫两大根据地的中心区域，有着悠久的革命历史传统和丰厚的红色文化底蕴。据不完全统计，抗日战争和解放战争期间，仅晋察冀边区专区以上就办有报刊四百余种，编印图书五百余万册。如果将这种统计扩大到环绕河北的整个华北抗日根据地及解放区，时间扩展至从中国共产党成立到中华人民共和国成立，数据更为可观。这些红色图书、报刊的出版发行，团结了一大批来自全国各地的著名革命文艺家和专业文艺工作者，其中有大量文艺相关信息，是研究近现代中国革命文艺的重要史料。但因受当时物质条件及复杂局势影响，它们传播范围有限，保存困难，如今已普遍出现老化或损毁现象，面临着消失、断层的危险。

长期以来，由于对抢救、整理和利用红色文艺文献的意义认识不足，现行的科研评价、出版机制亦难以有效刺激科研工作者积极从事老旧报刊等红色文艺文献的系统整理，大量有待整理的红色文艺文献尚未进入学界的视野。特别是华北抗日根据地及解放区的文艺文献，有很多甚至还是学术盲区。如《冀中导报》《救国报》《边政导报》《冀南日报》《团结报》《前进报》《新察哈尔报》《冀热察导报》等各类党报，以及《冀热辽画报》《冀中画报》《北方文化》《五十年代》《新长城》《新群众》《诗建设》《诗战线》等期刊，虽有部分学者对其办报（刊）历程、思想以及传播等方面予以研究，但均无系统的文艺文献整理本。"华北抗日根据地及解放区文艺大系"整理的《晋察冀日报》、晋冀鲁豫《人民日报》、《晋察冀画报》，是当时华北抗日根据地及解放区党报党刊的典型代表，是党的理论和实践同文艺结合的主要媒介和载体，是华北革命文艺重要的传播平台。这些报刊，既客观记录了华北革命文艺的传播与发展，也完整展现了华北革命文艺的特殊使命与风格特征，具有极其重要的史料价值。在此基础上，我们还会将视角延伸到《晋绥日报》《新华日报·太行版》《新华日报·太岳版》等党报，不断地充实这套大型文献史料丛书，以此来系统建构华北抗日根据地及解放区的"文艺史料学"。

四、丛书特色

这套丛书的编纂，主要以抗日战争及解放战争期间华北境内各根据地、解放区出版、发行、制作之图书、期刊、报纸等红色文献中的文艺资料为内容。编纂特色主要包括：

（一）抢救珍贵历史文献，弘扬伟大建党精神。

华北抗日根据地及解放区的红色文献发行于条件艰苦的战争年代，数量少，印制质量粗糙，历经岁月的洗礼，留存下来的品相完好者已经很少，有些到今天已成孤本。这些文献作为特定历史时期和区域的产物，见证了中国共产党领导华北人民争取民族独立和人民解放的伟大历程，反映了华北近代社会的巨大变化，蕴含着珍贵的史料价值和鉴往知来的现实意义，是中国共产党领导的文艺事业、新闻出版事业与意识形态建设发展的历史见证。它们诠释了党的初心和使命，蕴含着坚定的理想信念与崇高的革命精神，到今天仍然具有强大的感染力与说服力，是陶冶情操、磨炼意志、走好新时代长征路的有效精神资源。抢救性搜集、整理与研究这些珍贵历史文献，有利于增强党政干部政治信仰，弘扬伟大建党精神和践行社会主义核心价值观。

（二）文艺与党史密切融合，拓展革命文艺与党史研究的新视野。

革命文艺作品的创作、发表和传播，和党的历史任务和奋斗实践是分不开的。在艰苦卓绝的革命岁月，奋斗前行的中国共产党始终强调，既要拿"枪杆子"，也要拿"笔杆子"。革命的文艺工作者，一手拿枪，一手拿笔，深入农村与抗战前线，以人民大众易于接受和欣赏的形式，宣传党的政策，推行党的方针，为中国共产党顺利完成不同历史阶段的中心任务和伟大使命发挥了独特而重要的作用。本套丛书收入的文献史料，主要是抗日战争与解放战争时期党报党刊中的文艺作品与文艺史料，它们鲜明生动地体现了党的历史，党领导人民争取民族独立、人民解放的奋斗历程和精神面貌，从而为学界从文艺角度研究党史和从党史角度研究文艺提供了有力支撑。

（三）作品汇编与史料梳理并行，还原革命文艺的历史场域。

"华北抗日根据地及解放区文艺大系"的编纂，全面辑录华北抗日根据地及解放区党报党刊上刊登的诗歌、小说、戏剧、报告文学、散文、歌曲、版画等文艺作品，并系统梳理当时文艺发生、发展、传播以及社会各界文艺活动的各类消息和报导，同时选编了大量的河北红色文艺作品作为补充。这种文艺史料与文艺作品的配合整理，还原了革命文艺的历史场域，有利于构建对革命文艺的科学认识。

五、丛书内容

（一）《〈晋察冀日报〉文艺文献全编》共三十八卷：

诗歌三卷

戏剧一卷

小说二卷

文艺评论三卷

文艺史料九卷

外国文艺二卷

散文报告文学十七卷

歌曲版画一卷

（二）《晋冀鲁豫〈人民日报〉文艺文献全编》共十一卷：

诗歌一卷

戏剧、小说、文艺评论一卷

散文报告文学五卷

文艺史料四卷

(三)《〈晋察冀画报〉文艺文献全编》一卷

(四)《晋察冀日报社人物志》一卷

(五)《河北红色文艺作品选》共六卷：

诗歌一卷

戏剧一卷

散文一卷

小说三卷

六、编纂体例

(一) 整套丛书题材丰富、门类众多，在体裁上不做强行统一。

(二) 丛书中所录作品均为当年报刊发表的原文。为确保丛书的文献性、学术性、专业性和资料性，丛书编辑加工的总原则为保持文献原貌，内容上不做改动。

(三) 文字的使用

1. 丛书中文字的使用以2013年教育部、国家语言文字工作委员会公布的《通用规范汉字表》为准。

2. 丛书中的古体字、通假字、俗体字，以及所涉及姓名字号、职官地理等专用字，均予保留。

3. 丛书原文字迹模糊残损，但仍可辨认或可依上下文校正，以字外加方框"口"表示；原文缺字或无法辨识，且无法校补，每字以一个方框"口"表示；如无法统计所缺字数，则以"☒"表示。

4. 丛书中数字的使用，保持原貌。

（四）标点符号及其他符号的使用

1. 丛书在不改变原文意义的情况下，将旧式标点改作现行标点符号。

2. 丛书原文中出现代表文字的符号，如"×""△""○""▲"等，保持原貌。

3. 丛书原文中的着重号、专名号等不再保留。

（五）其他

1. 丛书原文中的注释，保持原貌；编者亦出部分注释，供读者参考。

2. 因为原始文献本身产生于战争年代，保存不易，漫漶不清处较多，丛书疏误之处在所难免，希望专家读者批评指正。

七、鸣谢

本套丛书得以顺利面世，要特别感谢中共河北省委宣传部、河北省社会科学院、河北教育出版社的资金支持，以及北京大学陈平原教授、中国社科院文学所刘跃进研究员、南开大学文学院李扬教授、河北师范大学文学院王长华教授等，为丛书编纂提供了多方面的学术支撑；晋察冀日报社老报人及报史研究会诸位老师，中国社科院文学所现代室、中国丁玲研究会、中国现代文学馆各位专家，也在丛书编纂过程中提出了许多建设性意见；院内外的数十位年轻科研工作者，在原文录入和校对方面付出了艰辛劳动，确保了项目的顺利进行。在此一并致谢。

把艺术交给大众（代序）
——祝贺"华北抗日根据地及解放区文艺大系"结集问世

中国社会科学院　刘跃进

由河北省社会科学院文学研究所编纂、河北教育出版社出版的"华北抗日根据地及解放区文艺大系"结集问世，值得庆贺。

文艺是时代前进的号角。1937年7月7日，卢沟桥事变爆发，全面抗战由此而起。广大的爱国知识分子和青年学生，表现出同仇敌忾的民族气节，走出书斋，走出校园，用知识，用智慧，用不屈的精神力量唤醒民众，用实际行动担负起抗日救亡的历史重任。在此后的岁月里，延安文艺和华北抗日根据地及解放区文艺，是中国共产党领导下的两大主体，双峰并峙，展示着那个时代的风貌，引领了那个时代的风气。

随着抗日根据地的开辟，延安文艺工作团、西北战地服务团、东北促进纵队干部队、八路军总政治部前线记者团等大批文艺工作者，随同党政干部一道陆续抵达华北，东北、平津的青年学生也纷纷冒着生命危险来到边区。他们一方面积极创作大量街头剧、活报剧、街头诗、墙头小说、木刻版画、歌曲、舞蹈等革命文艺，开展抗日救亡宣传运动；一方面也通过开办文艺干训班，开展各行业、各阶层甚至全民的文艺创作与评选活动，吸引工农兵群众加入文艺队伍，掀起了"晋察冀一周""冀中一日"等具有深化性质的群众写作运动，以及"创造模范村剧团""穷人乐"等群众戏剧运动，为晋察冀文艺史添上了浓墨重彩的一笔。

说到这里，我想起2009年参加《北平学生移动剧团团体日记》捐赠仪式的一段往事。从1937年到1938年，在中国抗战史上唯一以大学生组成的"北平学生移动剧团"在长达一年半的时间里，历尽艰难，转辗于国民党第五战区的各个战场，演出话剧，创办报纸，宣传抗日，鼓舞斗志，谱写出响彻云霄的时代赞歌。移动剧团的成员每人一周轮流记述，用日记形式记录了那段不平凡的岁月，《北平学生移动剧团团体日记》就是这部历史的记录。它不是写给个人看的私密记录，也不是为将来面世扬名。作者完全出于一种历史责任，真实客观地记录了那段鲜为人知的历史，体现出强烈的史家意识。日记封面上有这样一段题记，"北平学生移动剧团·愿我永恒·中华民国二十七年二月二十三日始·璧华"。孤立地看这部日记，也许没有什么轰轰烈烈的战斗业绩，也没有什么感人肺腑的情感纠结。客观、平实是它的本色，正是这种本色，为那个历史年代留下一段真实。"北平学生移动剧团"的抗日活动，是文艺工作者投身抗日洪流中的一个历史缩影。

随着抗战的胜利，察哈尔省会张家口解放，晋察冀文协、晋察冀剧协、晋察冀音协、晋察冀美协、晋察冀通讯社、晋察冀边区剧社、晋察冀日报社、晋察冀画报社等文化团体随中共晋察冀中央局和军区领导先后开赴华北根据地，一大批文艺工作者也随之来到华北，开展丰富多彩的文艺活动。他们坚持毛泽东《在延安文艺座谈会上的讲话》中指出的方向，一手拿枪，一手拿笔，深入农村与抗战前线，既为切身体会工农兵的生活，也为深刻了解工农兵的需求，从而在根本上克服了自身相当普遍和严重的艺术至上主义思想倾向，为工农兵而创作，为工农兵所利用，以人民大众易于接受和欣赏的形式，普遍写人民大众的生产战斗故事。譬如左翼作家邵子南，于1938年10月随西战团到晋察冀，主持战地社日常工作，主编《诗建设》；1943年整风运动后，他到阜平任小学教员，在反"扫荡"中与群众、民兵一起转移、战斗，还直接在五丈湾跟随李勇的游击组对日寇展开地雷战；1944年5月随团回延安，在鲁艺任教，后调陕甘宁文协搞专业创作，开始大量创作反映晋察冀边区生活的小说。他以亲身体验为基础创作的短篇小说《李勇大摆地雷阵》（后改为《地雷阵》），运用阜平农民群众的语言，以口语化方式讲述了爆炸英雄李勇的抗日故事，明显吸取了民间说唱文学的优点，特别是在白话叙述中还插入不少快板式的韵白，更适合群众的喜好，因而在当时广为流传，家喻户晓，起到了很大的宣传鼓动作用。其他作品，如《荷花淀》《太阳照在桑干河上》《漳河水》《赶车传》《王九诉苦》《孟祥英翻身》《新儿女英雄传》《白求恩大夫》《我的两家房东》《穷人乐》《李殿冰》《戎冠秀》《没有共产党就没有中国》《团结就是力量》《没有土地的人们》《白毛女》等，都是成功的文艺典范，在现代中国文学史上占据比较重要的位置。

在华北抗日根据地及解放区的文艺创作成果中，还有数以万计的文艺作品和极具研究价值的文艺史料刊发在根据地及解放区所办的报刊上。很多作者，本身就是农民、战士或基层工作者。他们把自己的经历和熟悉的人和事，通过小说、戏剧、诗歌、报告文学、歌曲、绘画、舞蹈等文艺样式记录下来，语言通俗，富有生活气息。人民既是历史的创造者，也是历史的见证者；既是历史的"剧中人"，也是历史的"剧作者"。让故事中的人物自己编词、自己表演的创作方式，很好地反映出人民的心声，并让人民群众从生动活泼的艺术作品中得到教育,这确实是一个成功的尝试。

配合党的中心工作,"把艺术交给大众",通过文艺唤醒大众,这已成为华北文艺工作者的自觉意识。他们积极响应伟大的民族抗战对文学艺术提出的时代要求,充分兼顾到广大人民群众的接受习惯和欣赏水平,创作了大量的作品,真实地反映了燕赵儿女火热的战斗与生产生活,起到了良好的宣传教育与鼓动激励效果。刘萧无编排新闻报道剧《李殿冰》,编剧与演员一起住到李殿冰家里,以便于熟悉主人公的生活,搜集真实生动的群众语言,还模仿他们的动作,理解他们的心理,甚至还让主人公李殿冰等直接参与剧本的修改和编排。描写群众的生活,邀请群众参与创作,这是当时文艺工作者走群众路线的生动体现。该剧演出后获得当地老百姓的极大赞赏,鲁中实验剧团还专门学习该剧的创作方法,创编了三幕五场话剧《过关》。艾思奇《前方文艺运动的新范例》更是誉其开创了前方文艺的新范例。抗敌剧社的《王老三减租小唱》、冀中火线剧社的话剧《我们的母亲》,也都具有这种特色。

这些文艺作品,可能略显仓促,有的甚至急就于战火中,所以在素材提炼、人物形象塑造以及语言的使用、细节的刻画等方面还有很多不足。但是,这不是一般意义上的创作,而是燕赵大地为争取民族独立、人民解放的集体记忆和行动号角,是中国革命事业的重要组成部分。华北抗日根据地及解放区的文艺,有很多这样未经沉淀的纪实作品,不管其艺术性如何,但在发动群众、组织群众、铸就抗击日寇和国民党反动派铜墙铁壁方面,发挥了无可替代的作用。20世纪五六十年代,河北地区涌现出大量的红色经典,便是华北抗日根据地及解放区文艺的传承和发展。

2017年6月,河北省社科院文学所郑恩兵所长来京与我们协商合作研究事宜。我根据所了解的信息,建议他们结合地方特色,做好地方红色文艺文献的搜集整理与编纂出版工作。"华北抗日根据地及解放区文艺大系"就是那次商讨的成果。全书由五个部分组成：第一部分为《晋察冀日报》文艺文献全编，第二部分为晋冀鲁豫《人民日报》文艺文献全编，第三部分为《晋察冀画报》文艺文献全编，第四部分为晋察冀日报社人物志，第五部分为河北红色文艺作品选。全书收录各种文体的作品六千余种，包括小说、诗歌、文艺评论、戏剧、报告文学、散文、文艺通讯、美术、书法和音乐、文艺史料，还有文艺信息、文艺广告，基本涵盖了华北抗日根据地及解放区的文艺创作情况，具有很高的研究价值。

时值中华人民共和国成立七十五周年之际，我们有机会阅读这部皇皇五十余册的"华北抗日根据地及解放区文艺大系"，更加深切地感受到新中国的建立真是来之不易，她是无数条战线的可歌可泣的人们不懈奋斗的结果。在这样一个特殊的日子里，我们感念当年那些有名无名的作者，感谢参与整理工作的学者，当然，更要感激我们这个伟大的时代。

目 录

碧野
　滹沱河夜战 …………………………………………… 2
哈华
　记山彬伍长 …………………………………………… 11
　秋山良照 ……………………………………………… 17
韩映山
　水乡散记 ……………………………………………… 25
贺义彬
　追怀一个悲壮殉国的民选县长 ……………………… 30
焦菊隐
　夜哭 …………………………………………………… 35
　人间 …………………………………………………… 36
　幻象的波澜 …………………………………………… 38
　银夜 …………………………………………………… 39
　夜的蹈舞 ……………………………………………… 40
金肇野
　忆白乙化同志 ………………………………………… 42
老向
　村声 …………………………………………………… 47
　柳芽儿和榆钱儿 ……………………………………… 50
雷烨
　惨杀场视察记 ………………………………………… 53
雷加
　王冠的宝石 …………………………………………… 59

李凤
　　杨秀峰印象记 …………………………………… 65

马加
　　萧克将军在马兰 …………………………………… 69

宋之的
　　新生活 …………………………………………… 74
　　一九三六年春在太原 …………………………… 86

孙犁
　　采蒲台的苇 ……………………………………… 94
　　天灯 ……………………………………………… 96
　　相片 ……………………………………………… 98

萧军
　　君道章 …………………………………………… 101

王林
　　微笑 ……………………………………………… 109
　　一个美的矛盾 …………………………………… 112

魏巍
　　雁宿崖战斗小景 ………………………………… 116

吴伯箫
　　我还没见过长城 ………………………………… 125
　　羽书 ……………………………………………… 129

袁潮
　　白云山上 ………………………………………… 133

张帆
　　焦大海 …………………………………………… 147

碧野

滹沱河夜战

红汨汨的滹沱河在远野上奔流,早晨的太阳抱吻着这南岸的无垠的沙原,荒村在波涌的沙原上闪跳着暗绿的光,一阵潮湿的风吹过,带来细沙的迷蒙。

刚渡过河来的七十个弟兄,被昨夜百二十里的急行军弄疲倦了。每个弟兄的脸孔都蒙上一层黯灰色,困倦后的憔悴,更使那满蓄杀意的红溜溜的眼睛凸出。

弟兄们散落在沙原的四方,枪支枕在头底下躺着的,背靠背坐着的……他们很安闲地在温暖的太阳光下的沙原上静静地憩息。

随着一阵集合号声,从一丛白杨树下飞闪出一匹雄伟的赤色战马,四蹄扑击起一片沙土,嘶啸着。马背上的孙司令两眼闪射出锐利的光芒,高高的颧骨冒出两片血红,往上翘起的胡子在激情的鼓舞中跳动。

忽然一闪,司令拔出腰间的那支手枪,向天空一划——霹!

"弟兄们,我孙殿英发誓死守滹沱河!"

"死守滹沱河!"几千支枪一齐在空中狂挥着,巨大的声浪激荡过沙原、荒村,一直隐落在天野边。

"看呵,那滹沱河里的水就是我们的血!"孙司令把枪向那奔流在远野上的红汨汨的滹沱河猛力一挥。

"滹沱河,我们的血!呜哇!"

…………

于是有一千多个壮健的弟兄随着那匹雄伟的赤色战马,爬过沙原,隐伏到那在太阳光下闪跳着绿光的荒村里去了……

风,夹带着湿沙,一阵一阵地吹过这静静的滹沱河南岸的沙原。

黄昏，迫进滹沱河的敌人，用猛烈的炮弹隔河向南岸射击，扇形地发挥着他们的火力，用以探试南岸有无部队。

炮弹落在南岸上，腾起一片片黑色的药烟和黄色的沙土。在火力的威迫下，南岸除了炮弹落地的炸裂声外，没有一点动静。

于是从荒村树林后的排哨线上，可以隐约地窥见北岸敌人的骑兵队在活动了，那些马群沿着河岸蠕动，还有那每匹马上的黑点……

多变的九月间的天气。

午夜，风夹带来墨黑的浓云，暗沌沌的天体洒落下骤急的雨点，白杨树们抖擦着阔叶，杂着风声和雨声在村野的上空鸣啸。

一声号令，一千多个弟兄把实弹的枪倒挂在肩上，冒着大雨向敌人进袭了。

自动地分成许许多多的小队，散兵线似的向滹沱河岸摸索着前进，慢慢地爬滚过一个沙丘又一个沙丘，暴急的雨点打在脸孔上直发痛，全身都给淋湿了，狂卷的风袭来刺骨的寒冷。但是为了一种复仇的火的燃烧，和那严厉的命令——半个钟头内，全部队伍在岸边的疏林里齐集，因而每个弟兄仍然得用最大的耐心向前爬进……

脚踩进沙层里去，吃力地拔出来，伏着身子往上爬，往上爬，迎面一阵风来，又把身子卷落了几步，于是刚爬到沙丘顶的时候，就把身子一纵，跳过沙丘的另一面，缩着身子把枪柄挟在大腿间，枪筒抱在胸前，猛力往下一滚……

"哎唷！"一个掉进沙坑里去的弟兄发出一声惊叫。

"嚷什么，你这只鸟，看看现在是什么时候！"小队长喘着粗气，低声地咆哮起来。

骂声卷没在风声和雨声中，弟兄们咬紧牙关，抖索着身子继续朝河岸的方向爬进。

在半个钟头内，各小队都赶到这靠河岸的疏林里来了。轻捷地集着队,各人除了隐约感觉到心跳的微音外,黑暗中是一片严肃。

大风大雨用更狂暴的力击打着大地,滹沱河发出一阵阵扑激的浪花声,疏林的枝丫发出一种凄切的呜咽……

从司令到传令兵,到队长,到弟兄,全用耳语传达着命令。

司令带着护兵、号兵和传令兵先摸下滹沱河岸去了。

立即,弟兄们把枪挂在脖子上,十个人一队十个人一队地手牵着手,悄悄地爬落滹沱河的岸壁。

把身子淌进水里,两只脚踏着松滑的流沙,身子不自主地漂浮着。水流急激地在两腿间冲打,水浪一下下的扫击着胸脯,浪珠飞过头顶,风雨在水面打着旋,愤怒地吼叫着。一队十个人紧紧地牵着手,在水浪中艰苦地挣扎着,正预备斜渡过滹沱河北岸,给敌人一个强大的迂回袭击!

泅到河中心,水更加深了,几乎浸过脖子。水珠密密地打在紧张的脸孔上,呼吸都要窒息了,只有艰苦地喘着气。

刚渡过河中心那段险要的水面,便有谁暴躁地骂了一声:"我操他奶奶!"

一小球红色的火光在水面上一闪,接着传过来一下清脆的枪声

——啪!

这一闪火光,这一下枪声,在这漆黑的雨夜中是多么的耀眼和撩人呵!

随即,一阵恐慌的狂喊声骤然在北岸上腾起——敌人的哨兵已经发觉有人来袭击他们了。

"干吧!"

"干他们小舅子!"

怒骂声在水面上腾起,随着又是几下炸裂的枪声。

嗒嗒,嗒嗒……

为了避免敌人发现目标，迅速地，司令的号兵吹起了制止放枪的暗号，忽然又：

嗒嗒，嗒嗒……

于是弟兄们回转身子，朝南岸泅退了。

嗒嗒嗒嗒嗒……

两分钟后，敌人的几挺机关枪闪吐出火花，凶猛得像几条火蛇，伸长血红的舌头，猎取它们的食料，机关枪弹向河面上追击过来，落进水里发出一种咝咝的怪响……

"哎唷！"一个弟兄把两手一松，惨叫了一声随着水浪漂没了。

接着一个又是一个，两个……

弟兄们有的已经失散了。大部分的弟兄仍然冒着大风雨破开水浪向南岸泅动。

忽然，不知从哪里预先绕过南岸的敌人，也放起机关枪来了！

嗒嗒嗒嗒嗒……

滹沱河南北两岸都冒突着机关枪的火舌，子弹<u>丝丝丝</u>地穿过水面，又咝咝咝地落进水里……

那个背着司令的两支短剑的护兵受伤了，孙司令一边泅着水，一边紧紧地搂抱那个护兵。他哑声地狂叫：

"快吹顺流号！"

随即，号兵拿起沉进水里的号筒，吹起紧急而又抖颤的号声：

嗒嘀嘀嗒嘀嘀……

弟兄们叫骂着把四肢一松，软着身子随波涛往下流，流，流……

在五里外的下游，一个耸立着累累的水岩的河岸边，弟兄们一齐从波涛中爬上岸来，身子被浸冻得快要僵硬了。受伤的弟兄被同伴们拉上岸来，有的已经痛苦得昏迷过去了，即使还有知觉的，也因伤口受水的浸冻，低弱地在水岩边呻吟。想找点树枝生火暖暖身子吧，又恐怕敌人会发觉,致引起对全军很大的不利……

雨点比前疏落了,风仍然狂恶地打着浪头、水岩、河滩……

"妈呀,真痛呵!"一个受伤的弟兄在黑暗中呻吟,一边用他的僵硬的手在水湿的地上摸索着枪支:

"呃,同志,求求你给我一下吧!"

这悲切的哀求声,打动了坐在旁边的一个弟兄,那弟兄只是反复地用着一种悲悯而又呆板的声调安慰着对方:

"同志,别想啥短见呵,明天你就会好的,明天!"

孙司令命令留下一小部分人,扶着受伤的弟兄到沙滩那边的树林里休息,其余的弟兄分作三路:两路绕道急行猛袭南岸的敌人,一路截击北岸敌人的来路。

一个新的斗争烧热了每个人的胸膛。弟兄们一听到这个命令,一个个从水湿的地上和岩边跳起来,紧急地集着队。

五分钟后,黑暗中有着三条活动的行伍,沉着地隐悄悄地向着滹沱河上游进发……

斗争开始了,在五更……

担任袭击敌人的两路弟兄,从东西两方面用外线包围,把敌人重重地围困在一个小村子里,然后渐渐地迫进,迫进……

为了不使敌人预先发觉,弟兄们都把身子倒在地上,双手搂着枪滚向前。当距离敌人前哨五十米远的时候,弟兄们迅快地拔出了背上的大刀。

突然夜空里风声夹来了抖荡而悲壮的冲锋号声:

嘀嗒嗒嘀——嗒嗒嘀——嘀嘀——

"杀!"蓦地弟兄们从地上跳起来,千百个喉咙齐发出同一的吼声,大刀舞划出一条条淡淡的青光,迅电般朝敌阵飞投过去了!

站在黑暗中的几个敌前哨兵,只惊叫了半声,就被大刀的劈声代替了。

从村口，从土垣，从棘篱，从泥潭……飞越过去，滚过去，跳过去：

"呜哇，冲呀！"

"杀！"

嗒嗒嗒嗒……

敌人的机关枪猛烈地对准村口、土垣、棘篱、泥潭扫射过来，自动步枪、来复枪冒着火球，子弹像火蝗般在夜空中划着弧线飞掠过，发出繁密的飕飕的响声。

劈啦劈啦……

啪！啪啪啪……

在枪火的闪光中，可以看见淡蓝色的枪烟在四处流荡。

敌人的二十几个骑马队，企图冲出重围，马队汹涌地冲跃过来，闪亮的马刀电般地挥舞着。

立即，有十几个弟兄冲上去，马刀和大刀发出钢铁的碰击声，和着大刀劈击马蹄声一齐交响，几匹受伤的马疯狂地往空中一跃，跌倒了。其余的马群勒回头向后奔跑……

一个从马上掉下来的蛮强的敌骑兵，用锋利的马刀和几个手握大刀的弟兄格斗，一个弟兄被马刀击倒了，但随着后边的大刀一闪，那个蛮强的敌骑兵也倒了下去。

敌人的机关枪弹凶猛地射击过来，永不休停地发出嗒嗒的叫啸，近树林的一小队弟兄遭受到惨重的伤亡，有两个弟兄掉进树林外的水坑里去，发出喑哑而拘挛的呻吟声……

当敌人发现他们的火力能逗发的时候，机关枪弹更繁密地落进树林里来，子弹碰着树干，发出啪啦啦的折裂声。

在另一片小林子旁边，一个肩部受伤的弟兄把枪往旁边一投，从腰间解下手榴弹,扯开了保险丝,狂叫一声向敌人的机关枪阵地投奔去。

只听见一声轰然的巨炸,那个弟兄勇敢的背影在爆裂的火花的红光中扑倒了,敌人的那挺机关枪的火舌也突然熄灭了……

"杀!"

一声呐喊,一队弟兄冲上去了。

正在这个时候,在林子的另一边,一个庞大的身影滚过水泥,到一座土堆旁,霍地跳起来,双手把大刀一抡动:啪!啪!一口气砍了两个正在放着枪的敌人。

随即,这个庞大的身影又弯着腰迂回到林子前边去,找到了正在发射着的机关枪的敌射手,他从地上跳起来,把大刀对准敌射手的天灵盖:

"嗬哈!"随着这一声吼叫,敌射手被砍倒了,热烫烫的脑浆泼满他一脸。

忽然一支刺刀从他的下胯间刺来,他把身子猛地往旁边一闪,丢下大刀,从侧边重重地给敌手一拳,一声痛呼,那个敌手被击落到丈开外的水潭里去。

于是这庞大的身影在机关枪前蹲了下去,左手接送着子弹带,右手用力扣紧枪机,握住机关枪的把手对准右边的敌人摇摆:

嗒嗒嗒嗒嗒……

受了这骤然的猛袭,敌人惊慌地怪叫着,在枪火的闪光中乱窜,接着是一排一排地扑倒下去……

枪声渐渐疏落,空中子弹的流火也只剩得一点两点的。不知什么时候,雨已经停歇了。

东方已经微明,滹沱河在黝黯的天野间隐隐地发着红笑。

苦战后的弟兄们离开满堆着血尸的村子,坐在沙原上休息,一边用湿沙洗擦着大刀上的血斑,每副洒满血点的黑脸膛上,流出一道轻松的微笑。

远远的滹沱河那边还时不时地听到轰然的炮声和隐沉沉的枪声。

传令兵得着孙司令的命令跳上昨夜俘虏过来的一匹大白马,朝着远方的滹沱河飞奔去了。白色的马在黄色的沙原上,小了,小了……

(原载1938年5月16日《文艺阵地》第1卷第3期)

哈华

记山彬伍长

听说五分区打了一个埋伏，抓住三个日本俘虏，我赶去看他们。街上正簇拥着一群老百姓，围住了一个日本俘虏。

"我非揍你一顿不可。你要知道，现在你被我们抓住了，不是你扫荡的时候了。"一个年轻小伙子挥起了拳头，气势汹汹地冲来。

一个八路军的士兵拦住了他，给他解释。另一个士兵要俘虏回到房子里去。

我走进敌军工作部同志的住所。他们告诉我，三个俘虏中两个都还能守规矩，最顽固的，要算是山彬伍长了。

我们正在吃饭，山彬伍长进来了。后面跟着一个持枪的士兵。他坐在椅子上，满不在乎地翘起一条大腿说：

"大巴姑（香烟）的有？"

反战同盟支部的同志，掏出一盒香烟，带了些厌烦的样子抛给他。他笑着，拼命地抽，抽完一支，又接上一支。

"他除了给我们到处闯乱子外，就是时刻向我们说：'大巴姑的有？'他每天抽很多香烟。"一个敌军干事向我说。

"反战同盟支部的同志，第一次和他谈话是非常客气的。他说：'请你相信我们，我们不是军部所说的卖国贼，我们是站在日本人民解放的立场来和你谈话……'可是山彬伍长拒绝和他们谈话，还对他们非常无礼。"另一个敌军干事说。

"除了他的姓名、籍贯、部队番号外，他什么也不说。但是你要和他胡扯，他却又是一个多话、乱嚷嚷、很会吹牛皮的人呢！"反战同盟的同志冷笑地说。

我吃完饭，就坐在他的旁边，仔细打量着这个俘虏。他穿着一身老百姓的、很小的棉衣，腰里紧扎着一根皮带。一项日本军帽，生气似的推到脑后。身体矮小结实，满腮久已不修刮的短胡须，样子很狼狈。他眼里充满着对我们的敌视。

"哦，我的肚子大大地饿了……"他跟我说，狡猾地笑。

他不是刚吃过早饭吗？我们还没有放下碗筷，他又喊饿了。大家都非常惊讶地看着他。

"你不是刚吃过早饭吗？"我在纸上写着问他。

"他们的朋友的，山西开路开路的。我的，不去的！"他非常气愤地说。

这究竟是怎么一回事，大家都很不明白。

只有日本反战同盟的同志了解他的意思。他们跟我们说：在日本军队里的时候他是伍长，那两个是新兵。平时他非常残酷地虐待他们，他们敢怒而不敢言，现在大家都做了俘虏，两个新兵记起过去他对他们的虐待报复他。他俩联合起来，不给他饭吃，或者把吃剩下的给他吃。他刚才的意思是说："他们两个朋友的……联合起来饭不给他吃。""他们山西开路开路的……"是指他们到日本工农学校去，他不愿和他们一道。不给他吃饭的情形，已不止一次了。

我们叫勤务员给他打饭。确实，他饿得很厉害——他饱吃了一顿。当他放下碗筷，我就和他胡扯一番。

"你既然被我们俘虏，将来你作何打算？"我请一个朝鲜同志当翻译，谈话就这样开始了。

"我不幸得很，做了你们的俘虏。你们要放我回部队，我是很感激的。我回去愿意告诉长官，和你们约定一个时刻，摆好队伍打一仗。我相信皇军的交战意识昂扬，会把你们打得狼狈逃窜的。"

显然，他在固执地不服气。他是在一个伏击战中被俘的，他的被

俘在他想来好像是很不应该的。

"假如你愿意，送你回部队是可以的。你愿意和八路军决胜负，那很好。不过我相信你会再做俘虏来到八路军的，那时候你才佩服八路军的战斗力吗？"

"嗯，那是不会再有的事。"他浑浊的眼睛冷冷地看了我一眼，然后摆着头。"我的机关枪打得很准，想俘虏我，我会把你们打死。要不，我会跑，俘虏是再也不会当了。"

他还是那种不服气的样子。

"嘿！你跑，我敢说，假如现在先让你跑五十米以外，我三枪不送你回老家，我算不得八路军的战士。我不是吹，你试试看！"持枪的战士听了他的牛皮，愤愤然地插进话来。

朝鲜同志将战士的话翻译给他听，他敌视地看了战士几眼，就拼命抽着烟不说话。

一会儿，他忽然洋洋自得地哼起日本情歌什么的来了，眼睛死盯着我背后。我惊奇地回头一看，不知什么时候，一个地方工作的女同志走进我们的屋里来，大概要和房东打什么交道，因为听着山彬伍长吹着好大的牛皮，就站着旁边听，这时她察觉到山彬伍长对她的这种无耻表情，轻蔑的嘴上挂着几乎看不出的冷笑。显然，她是非常愤怒的。山彬伍长从她面上表情也看出了这点，他在纸上写了几个字给我，尴尬地向我笑。

"请你给我介绍太太。"他纸上是这样写着。

我一看，非常地生气。我用拳头把桌子一敲，跳了起来说：

"岂有此理！"我想骂他"法西斯强盗"，但没有说出口。

他看我生气，狡猾地看了看我。我们的谈话就这样停止了。

其他的两个俘虏，我也和他们谈过话。一个工人出身的，他愿意到日本工农学校去。他曾几次看过八路军优待俘虏的传单和墙头写的标语，对八路军多少有些了解。他说，当他们部队中了埋伏，将被完全消灭的时候，他曾想过是否应当继续抵抗，后来觉得还是被俘有活着的希望，于是他就放下武器投降了，但现在他忐忑不安地担心着一件事——他以日本军队长官无情打骂和虐待士兵的情形来揣测八路军。他两次问我：

"日本工农学校行军落伍，八路军太君三必辛交（日语打骂的意思）的没有？"

我觉得这是不必要的担心，笑了起来说：

"大大的没有！大大的没有！"

他很高兴地走了。另一个俘虏是学生出身，他对科学很热心，应征到中国来，军部欺骗他说中国很好征服的，到中国去等于官费旅行一样。他被俘后很苦闷，对八路军不了解。他表示对政治和战争都感到非常厌倦，他愿做一个自由主义者，对于科学有所贡献。可是现在他被俘了。

过了好几个月，在一次行军途中，我又碰上了山彬伍长。蓦地看来，他好像变成了另一个人，整齐地穿着八路军军服，不像先前那样多话、乱嚷嚷的了。过去那种粗野和敌视我们的态度，现在在他的表情里已经消失了。他变得很严肃，和其他反战同盟支部同志乍地看来，没有什么两样。现在他待人接物很有礼貌，他热情地和我打招呼。我问起敌军工作部的同志，都说他在反战同盟支部同志的教育下转变过来了。最近他在反战同盟帮助下，写了一封信给他原来部队的官兵，说他被俘的时候，想着没有为"天皇"战死而被俘，是给"大日本皇军"的"□镰武士"带来了莫大的"耻辱"。八路军说可以放他回去，他想这是一种欺骗，曾想逃跑，又想自杀。他对待八路军非常之无礼，以便让八路军把他枪杀算了。然而八路军对他这种无理的态度一点也不生气，还是优待他，使他非常感动。他特别提到反战同盟支部的同志,以前他认为他们都是些被八路军收买的卖国贼,但是他现在亲眼看见他们始终很认真地在做很多反战工作,八路军并没有给他们大批金钱。他又写到对八路军的感想:以前他以为他们都是些游击队,现在他所看到的,都是些正规的兵团,长官也都是些很精明的人,无怪日本军队常常打败仗。最后,他写了最使他感动的一件事:这是一个反战同盟同志参加八路军的大会,八路军许多重要长官都来参加,这个同志过去也是被八路军俘虏的日本兵。大会上,首先由他宣读他的要求书:"我在八路军的教育下,思想上得到很大的转变,我愿意请我们很好的指导者——八路军各长官,准许我参加八路军。我将更好地工作,决心彻底为中日人民解放事业奋斗到底。"请求立刻得到八路军各长官的批准。一个八路军司令员还亲自给他佩戴臂章,和他握手。各地送来的贺仪五光十色地挂了满屋子,仪式是隆重的。许多日本人——指反日同盟同志——都感叹地说:"我们进步不够,很惭愧。我们一定努力工作和学习,将来争取参加八路军。"

信上还写着一件笑人的事情,他说许多日本人都喜欢吃中国的饺子,几个日本人吃得太多了,涨得几天肚子痛得要命。信的结尾说:他要他们跟八路军打仗的时候,打不过就投降八路军,优待是一定的。而且说,他不愿回部队了,这里没有人打骂,生活很好,他非常快乐。

他的这种转变使我惊奇,为了了解他,我又和他谈了一次。我觉得他虽然对八路军有了好感,但还没有勇气毅然来共同反对日本帝国主义。

又过了一年多,不期而遇,在一次夜袭的战斗中又和他见了面。他和反战同盟的同志到被围的炮楼去喊话,要日军投降,大概是炮楼上的日本军官之类,大骂他们是些无耻的卖国贼,他们就跟他讲道理。经过他的尽量辩论——正义是属于反战同盟支部同志方面的,终于说得炮楼上哑口无言。这样的喊话对日本士兵的战斗情绪起了很大的影响，日军再也没有道理来和他们辩论了。突然，日军对准他们一阵机关枪扫射过来。山彬伍长因为辩论得兴奋了，又为了使士兵们听得更清楚，就从隐蔽的地方上了房，而且站着讲。他们这一扫射，险些把他从房上射倒下来。他气极了，从房上组织火力网掩护地面部队冲锋的士兵手上拿过掷弹筒来，向鬼子的机枪阵地轰击。他射击的技术很好，立刻机关枪声音哑下去了。战斗结束后，我经过一个朝鲜同志的翻译，问他：

"你用掷弹筒射击自己过去的战友，心里不感到难过吗？"

"不，我不难过。为了正义，为了中日人民的解放，我用掷弹筒射击他们，好掩护八路军冲过去，把他们从军部欺骗下解放出来，我感到非常快乐！"

（原载 1944 年《新华日报》）

秋山良照

一

我第一次见到秋山良照同志,是我刚到冀南不久的一个夏天的黄昏。这时,我在一个农村小茶馆里和乡亲父老们聊天。忽然,进来一个年约二十,整齐地穿着草绿色军装的人,乡亲们都非常亲热地和他打招呼。要不是听到他生硬的中国话,我还看不出他是一个日本同志,以为是一个年轻的做宣传工作的八路军的政工人员哩!

他是一九四〇年来到八路军的。

那时平原青纱帐已经很高了,九月七日,在堂邑地区秋山的这个联队与八路军作战,他的伙伴有的逃走,有的被打死。这时候,一个通讯员在离他二十米的地方喊道:

"缴枪吧!我们优待你!"

秋山对准通讯员就开了机关枪,子弹飞啸过去,把通讯员的耳朵打掉了一只。战士们见他继续抵抗,奋不顾身地冲到他面前。通讯员气坏了,跑过来对准他就要开枪。通讯员有一手好枪法,在这样近的距离,子弹是不会落空的。可是正在这时候,蓦地从后面伸来一只手,推开了他的枪,使射出去的子弹落空了。

通讯员回头一看,正是敌军工作干事。同时,他用日语喊道:

"缴枪吧!我们的敌人是日本军部,对投诚的日军士兵,一定优待的!"

在生和死的边缘上,这样的喊话像铁块一样的有力,它使秋山停止了抵抗,来到了八路军。

二

秋山刚来到八路军的时候,曾苦闷了一个时期。敌军工作部的同志说:"他每天悒悒不安,垂头丧气,眼睛也没了光彩,一句话也不说。我们安慰他,他只用怀疑的眼光看看我们,不声不响地走开去。"

当时他为什么那样的苦闷?后来秋山告诉我:

"因为自己受到传统的军国主义教育,认为被俘是皇军的耻辱。"

敌工部的同志每天看见他痛苦的凄怆的表情,非常同情他,于是给他以革命的教育,做细致的思想工作。他是日本山梨县人,家庭是一个没落的士族。十八岁的时候,由于生计困难,他开始在"牟田铸物工厂"做工,战争为何而起,共产党人的民族革命是什么,全然不知。我们对他做工作,起初他仍用怀疑眼光看着敌工部的同志,后来渐渐对革命某些问题发生兴趣。他们除了口头解释外,并介绍一些社会科学的书籍给他看,他每天孜孜不倦地读这些书。这些书都是中文的,他请求敌工部同志做教师,并把这些书翻译成日文。后来,他还根据它为新来的盟员编写教材。他对他们说:"这些是必读的好书啊!"

秋山在飞跃地进步着。

他有一页代表他思想进步的日记,翻译出来如下:

一九四二年十二月于南宫××战斗后。

失去了父亲的儿子,叫着丈夫的妻……炮火的硝烟弥漫着,整个的村庄陷入恐怖的深渊。……侵略者把道德,把坊主(日本和尚——作者注)的教义都抛弃,而进行着疯狂的战争!我憎恨战争,但我为消灭战争而斗争。

我燃烧着对人类的爱,憎恨敌人。我将把日本社会给我的思想上的束缚都解掉,对无恶意的骂者(指日本不了解日人在华反战同盟而非议他们的人——作者注),给以宽大的爱,让我们只顾前进吧!

三

一九四一年由秋山良照、藤原义江、水原建次等组成在华日人反战同盟冀南支部，秋山被选为该支部的书记。他虽负责领导工作，但常常亲自到碉堡去喊话，除了讲些促使日军士兵觉醒的道理外，有时还唱歌给他们听：

……我离别了的老家，倾斜了，
变成了破屋。
期待着渺茫的春天，
妻子和孩子非常寂寞吧！
……

当那寒冷的秋夜、秋山这种凄凉的歌声，伴随着小提琴声，随着寒风吹进碉堡的时候，日军士兵不由得悲从中来。有的这样问：

"听你的声音，还很年轻。你几岁了，叫什么名字？"有的非常感动地问：

"你哪里学来这么多的道理？"

秋山领导着反战同盟，积极进行各种反战活动。我记得在一次冬季战役中，秋山领导反战同盟制造了四千多个纸弹，用掷弹筒射给各个碉堡的日军士兵。纸弹的内容，有《反战同盟告华北日军士兵书》《反战歌集》，以及反战同盟专为日军士兵出版的《同胞新闻》等。除此，还叫伪村长把特制的日本玩具和米库吉（日本佛教用具）、日本年糕、慰问袋和特制的纸烟偷偷送进碉堡。烟上印有"妈妈，怎么爸爸还不回来呢？"或"爸爸！我想你很寂寞，我每天都在哭。"以及拟妻子的口吻写的"昨夜一齐伴你到公园溜达，醒来的时候才知道又是梦！"等等。

另外通信等工作也积极进行。一个日军士兵和秋山从通信中有了情谊，后来他竟毅然投奔反战同盟。和日军士兵通信中，有的紧接着要求秋山等人解答他们苦闷的问题，解答有关战争为何而起的问题。

这当儿，我们军事攻势又如火如荼地进行了，因之这次政治攻势，在日军士兵中引起了激剧的反响，当时厌战的情绪普遍地蔓延着，逃亡和自杀的事情一天天地增加。

记得一个日军士兵收到秋山他们写去的信和送去的慰问袋后，他黄昏的时候偷偷溜出碉堡，来找伪村长，要求带领他去找秋山。

反战同盟驻三分区特派员乔本告诉我们：每个碉堡都知道反战同盟的领导人秋山良照，都愿意读他写的信和宣传品。有时反战同盟到碉堡去喊话，日军士兵拥到望楼上来，问道：

"秋山来了吗？"

或是这样问：

"你们是秋山的部队（指反战同盟其他同志）吗？"

秋山良照这个名字，在日军士兵心中留下了难忘的、亲切的情谊，这个名字促使他们觉醒。

这些活动引起了敌人方面万分的恐惧，他们召集了专门的会议，搜集了几十种反战同盟写的宣传品，研究了他们各种反战活动的方法，敌人集体讨论了所谓"秋山事件"，最后结论只是这样直言不讳地说："反战同盟随时随地对日军士兵进行宣传，无法防备。"至于敌人究竟采取了什么对策，却保持着极端的秘密。

不久，刚参加八路军不久的一个小鬼，因为常常鬼鬼祟祟，神色慌张，引起了锄奸部的注意，发觉了他原来在进行毒害秋田的阴谋，就把他逮捕了，经过多次教育，起初他只低着头，什么也不肯说，最后他哭起来，说道：

"强□□混成七旅□□□□小川队，派俺来毒死秋山的。"

后来他又供出他的同谋，还有两个小鬼，他们还要毒死军区司令员和敌工部张部长。

后来，据我们俘虏的一个日本特务说：敌人曾悬赏一万元，只要

伪军或伪组织中有人打死或捉住秋山，还可以连升两级。敌人说秋山是大头子，乔本、成泽是二头子，大谷、小林等是胁从的部下，只要把几个头子铲除就好了。

四

一九四二年四月二十九日，这是冀南军民流血的日子。在山东武城敌人集结了万余人，配合守备部队，使用"铁壁合围"的战术，并以飞机配合，企图把我们非武装部队的冀南首脑机关压迫在一个已经布置好了的袋形地带里。

参谋部决定分散四面突围，把仅有的少数战斗部队调去挡住武城敌人的主力。这时候，秋山嘱咐盟员道：

"我们一定要坚决冲出去！"

秋山同志带领着盟员，坚决冲出了第一道包围圈。左面有几十个敌人离他们很近，一面向他们射击，一面追赶地喊，要他们站住，企图阻击他们突围。秋山带领着盟员只顾前进，可是横在他们面前的却是一条汽车路，敌人的步骑、卡车来回地在公路上走着，显然这里有一道严密的包围圈，要通过是很困难的。盟员们着急得不得了，这时他们已走进一个庄子，就在同时，日军小股搜索部队也进了庄子，他们只好暂时躲进了老百姓的屋子里。

"你们知道我们是做什么工作的？"秋山严肃地对着大家问。

"反战同盟工作！"盟员们非常惊奇地看着他。

"现在情况是万分紧急，我们没有武器，要是被敌人捉住了，记着，敌人枪毙我们的时候一定要喊：'反战同盟万岁！我们为了正义，死是光荣的！'"

幸运的是，搜索部队没有进这个院子，天色又渐渐地黑下来了。盟员们商议如何通过汽车路，秋山决定做前哨，要是碰上日军的时候，就用日语回答他们，能跑就跑，否则准备牺牲。他们出庄子的时候正好碰上两个女同志，神色慌张地在那里迟疑地张望着，不知如何是好，秋山招呼她们一块通过汽车路。当他们打一块麦田里经过的时候，忽然听得微弱的呻吟声音。他们走去一看，原来是一个战士，被打伤躺在麦田里，血湿透衣衫，已经不能动弹了。当秋山向他走去时，他大吃一惊，以为敌人来了，正挣扎着要开枪，但他立刻认出是秋山，高兴地叫起来：

"是秋山呵！"

"好，我们背你走！"

秋山看了看他的伤口，为他包扎好，然后让盟员吉田（这位国际友人，后来不久在太行山光荣牺牲了）背着。秋山大胆地到公路上去侦察，碉堡下敌人戒备疏忽，天又黑下来了，秋山领导着大家偷偷地从碉堡下通过了汽车路，冲出了最后一道包围圈。后来秋山又自己替换吉田背着那位受伤的战士。他们轮流地背，走了二十多里路，最后把他放在一个安全的居民家里。秋山在这次突围中表现了高度的勇敢和机智，因而获得了军区的一等奖。

五

八月十五日，在冀南某县的一个乡村小学校内，举行在华日人反战同盟冀南支部的纪念大会。到会的除全体盟员外，来宾中有首长和党政军民的代表，还有几位日本人和朝鲜同志。五光十色的贺仪挂满了屋子，还有一年来的工作成绩统计表。

这次一二九师刘伯承将军还特地来电祝贺他们一年来工作所取得的成绩，政治部奖励工作努力、进步快的盟员，而第一个就是秋山良照。

吃过午饭后，秋山报告他领导的反战同盟一年来的工作，他特别指出反战同盟过去的八次话剧大公演，在瓦解日军上起到很大的作用，这是敌酋们也不能不承认的。

在这次会议上，进行了支部的改选。盟员们大声喊起来，衷心拥护秋山继续连任，于是秋山又率领被选的执委宣誓就职。他以庄严、嘹亮的声音念着誓词：

"我等就任新职之际，以愉快的心情向中日两国人民宣誓。我等将继续努力工作，和八路军共产党更亲密地合作，为了中日两国人民的解放事业，斗争到胜利的时候。在任何残酷斗争面前，决不屈服，甚至牺牲我们的生命也感到非常愉快……"

秋山这时又向军区司令员请求准许他参加八路军，这一请求立刻得到批准。从此，秋山不只是我们的一个朋友，并且已经是八路军中的一个政治工作者了。

这次我们不期而在延安相见。日本投降以后，他随日本工农学校不能不离别延安的同志回到自己的祖国去了。当我追忆起他在前线帮助我们的时候，私心是永铭不忘的。

（原载 1945 年 10 月 18 日《解放日报》）

韩映山

水乡散记

晚秋的月亮是最清朗的,尤其是在静静的淀水上面,更显得它明媚光彩。

月的柔光在水皮上漂荡,金黄黄地映成一条胡同,那里面有白色的云影和一个圆圆的风圈。

我们快到村岸时,便看见一片黑压压的渔网晾在架子上。微风吹过来鱼腥气味。从网右侧划出一只小船,划船的是个上年纪的人。我还没看清他的脸庞,船上的人就抢先说:"这不是?这就是老豪啊!"同行的那人小声告诉我:"我们这一道上讲叨的就是他啊。'闻名不如见面',就是这么个干巴瘦的老头。你看在高阳文化馆里画的那个老头像他吗?"

经他一提,我脑子里又闪过贴在文化馆门口的那张画来:一位老人在水上正领导着人们打网,日光把他的脸晒成酱赤色。他光着背,紧张地招呼着人们快快撒网,一条条的大鱼扑上来了。他那兴奋劲头,表现得非常突出。

"你见了我爷爷就认识了!"坐在我身旁的小姑娘荷荷也对我说:"他那长相好认,黑瘦,长巴脸,两个黑眼亮闪闪的。眼珠常常凸凸地转,那是看鱼的习惯。"她们还告诉我说,他从成社以来就把拿鱼的手艺全贡献出来了,这么宽旷的大水,他能看出哪儿鱼多,他那拿鱼的法子真是锦囊妙计。他成了全社的台柱子。我就更加注意起这位老人来。

他和船上的人搭了句话,就一个人默默地围着网看起来,翻翻这,扯扯那,一边咕噜着:"好家伙,这么大的窟窿!多大的鱼不跑掉?咳!这是谁?使网就像吃网!"

不用问，他是在细心地检查这些网哩。用了一天的网说不清哪儿就会有漏洞。跑了鱼，这不能不是社里的损失呵！

上了岸，我就住在荷荷家。

荷荷的娘抱着一缕破好的苇眉子从场院里回来。

"晚上还织？"

"不！"荷荷的娘轻声笑了："晚上把这眉子润上，明天才织；晚上得织网，在灯下。"

荷荷蹦跳着跑来，红领巾拂着嘴角，手里拿块红高粱饼，饼里夹着葱叶和小鱼，吃得怪香甜的。"走！"她拉着我的手："熟饭了，有小鱼，你不是愿意吃吗？""大丫头子了，还是孩子气，学稳重点！"荷荷的娘说，一边就走入西厢房。

吃了饭，荷荷领我到一间低到碰头的小屋去。她临走对我眨巴着眼说："你先睡吧！我爷爷半夜才回来，你甭等他，他事可多哩。刚才社长老曾叔叫他去分棉衣——就是赈济来的那个……"不说完，就又做个鬼脸，隔门帘缝儿说："你看书，是不？我不扰乱，我也有事儿，得帮娘织网哩！"说完，脚步像敲小鼓一样"咚咚"地跑了。

这是一间小跨屋，屋子被大水冲倒又盖起来了。屋檐上的苇缨子的黑影投在有月光的窗纸上，在微微地摇动。我点上灯，整个小屋便笼罩了昏黄的光。北墙上挂着一张旋网，网上还沾着一两个干巴小鱼。小鱼头钻在网花外头，凸着小黑眼儿，还像想挣扎逃掉。在网下面放着一双打鱼穿的皮靴子。炕上铺着羊皮褥子，我坐在上面，觉着鼓膨膨的，掀开一看，原来是个小旧本子，上面还写了满幅的字。"噢，还学习！"我心中惊讶。

"嫂子！"忽然院外传来一个响亮的声音："把梭子给我。大伯非要把网补上不行。分棉衣专等他哩！"边说边进屋去了："大伙都说他是'公德老'，让他去挑头一件。可他说：'网不补上明天就误了下河，分衣不着急，让别人先分吧！剩下的我再要。'叫我来拿梭子，他还等哩！穿个小夹袄，多冷！"

"天晚了，还看见补哇？"荷荷娘说："要不，我去！"

"甭！"进来的那人说："他说在月亮地里能看见。你知道，他那是有名的'千里眼'，一丈深的水能看见鱼浮！"

"那就快去！"荷荷娘带笑地催促："给你，再拿点饽饽，这时候还没吃饭。一天就光为'你们'社里的事了……"没说完就忍不住笑起来："社长，你说不是吗？"

"那是'实打实'的话，"社长说："你不知道我们下钩拿鱼的事呢！大伯白天忙一天，黑价也不困。我们年轻的可抵不住劲儿了，都困得打瞌睡，他给说笑话也不行，都睡熟了，后来叫铃铛把鱼钩拴在竹竿上，竹竿有小铃，鱼上钩时铃便响。吵醒了一看，大伯在水里正捉着一条一人高的大鱼呢——捉鱼捞钱，咱社全仗着他哩。"

"快别说了！他等急了。"荷荷插嘴说："叫我爷爷在船上挨冻，你倒跑到屋里取暖，像个社长吗？"

"嘀！你这个小社员，学'大人吃瓜'呀！"社长逗趣："白天上学，晚上学织网，五更搂树叶，这个勤俭劲儿真比不了。跟你娘才像一个模子脱出来的呢！我走了。"一阵脚步声跑远了。

我不由得走出来，看了看荷荷她们织网。荷荷娘告诉我：他们社跟别社挑了战。全社分了工。男的打鱼织布，女的编席织网。信用社贷给一批款，让专门搞副业救灾。

很晚很晚——我睡了以后，一种"索索"声把我惊醒。我发现老人正拿一件棉袄披在我被上，眼睛慈爱地看着我。我一时没说出话来，心里热乎乎的，嗓子被什么东西哽住了。

"怎？醒了？"老人温和地微笑，一面低下头去，低低地说："一床被子冷了，外面要变天。你们出门在外的……这么远，把棉衣送来救济俺们，自个儿倒挨冻，叫人怎过意？"

"不！"我光着膀子爬起来，热情地说："棉衣是咱全国各地人们捐献的，他们都惦记着我们这些水灾区的人们，希望咱们吃饱穿暖战胜灾荒。大伯，你分了一件吗？"

"我去的工夫就分完了，这是社长给留的，我的意思是让别人先穿上，我呢，什么早晚。"抽着烟，慢慢地但很严肃地说："大伙净接济咱们，咱也得常常把大伙挂在心上呀！"我心里思索着这句话，很想和大伯谈谈。但又很愿意让大伯赶快安歇——他劳累一天，是多么疲乏啊！

老人睡了，我却再也睡不着，回忆着许多事情。

夜半，外面起了风。院子里苇叶子"沙沙"地响，窗孔吹进刺骨的寒风。我担心社里会因为有风而不能打鱼。这时，大伯机灵地醒了，披上衣裳就往外走，高兴地说："淀里有风，瞧闹好鱼吧！你睡吧！离天明还早哩。"

我听着他的脚步声，由近而远。然后，是谁家的篱笆门儿开了，接着又是一家的门闩在响。淀里传来一声声清亮的水鸟鸣叫——处在水乡的村村庄庄，迎着黎明醒来了。

一九四五年十一月末写于教台

（选自《水乡散记》，新文艺出版社 1955 年版）

贺义彬

追怀一个悲壮殉国的民选县长

让我先来介绍这个人。

他姓郭名企之,西宫人,曾经在初中念过书,今年21岁了。是一个知识分子,但在他身上,你却找不出一点知识分子的气质。脸是那么圆圆的,一张稍厚的嘴,清明的双眼放射出来的光忠诚而坚定,举止谈吐有一种为城市中人所缺乏的厚重气氛。当你同他说话,或下属同志同他商量事情时,他的态度则变得更持重而敦柔。同志们没有看见过他急躁过,也很少有人能指出他遇事犹疑或退缩过的事情。决定了,就那么安详地坚定地做去。在广漠的平原上,全曲周老百姓都可以见到他,穿着制服,背着包袱,骑一辆自行车,飞快地急驰到了这个村,又到那个村,召集村民大会,或检查村区的工作。任何一个老太婆也认识这个年轻的勤劳为民的县长。自行车骑过田间了,在田地做庄稼的男人或女人都忙站起来,放下手头工作,微笑地望着他:"啊,那是郭县长!"他们不懂得用怎么样形式上的礼节去表示他们的爱戴与欢欣,只知道满意地微笑,这也就是一种不易获得的敬礼。

全县人都见到他成天忙碌,但谁也不知道这个辛苦县长"公馆"在什么地方。他到什么地方都和老百姓一块儿吃饭,一块儿休息,一块儿工作,他用了他全部热情来爱老百姓,因此,老百姓也便更爱他了。

用曲周城圈子作圆心,五里或三里长作半径,画一个圆周,只有这一点点是敌人的势力范围,其余的村子都在这个县长的管辖之下,到处都留下他自行车的车迹!

自然,他的游击队员是最熟悉他了。他经常同他们生活在一起,同他们讲话,还领他们打过游击,袭击过人。这伙人不只听熟了自己

县长的声音，懂得他的脾气，还知道这是个能文善武、勇敢的战士。一个外来访问者同他们谈到县长时，他们中任何个人都会向你满心欢喜地翘起他的大拇指："好样的！"就是这一句话。

他就是这样一个县长，带着颇浓厚的农民气氛，却被另一种有力的思想武装了，这就是对于祖国的热爱，对于革命的热爱，而且确信祖国一定会在革命中解放前进。

抗战以来，他便沉默地在冀南战委会工作，后来又到曲周做民运工作。在民选县长时，他在成千成万选民拥戴之下当选了，他永远是沉默的，惊动全冀南得到行政区的褒奖却是今年2月以后的事情，但可惜的是他离开我们了，永远地离开我们了。

2月初几一天，他去了南里岳村开会。会完了，村长提出的一些问题也解决了，天色已晚，便住了下来。第二天拂晓，整个南里岳村突然在敌人的包围中，不久就听见了枪声。他在这个突然的袭击中仍然是安定的，自己的人迅速集合起来，自卫队也拿出了自己的武器，来保卫他们自己选出来的县长，他们决心陪县长冲出去。

他领头在先，冲了三次都没有成功。敌人的兵力超过他们好几倍。最后一次，他的左臂负了伤，敌兵是蜂拥地闯进了村子。

他跑到一个老百姓家里，包袱还没有解下，便被敌人抓住，他看到自己的人全数被缚地站在那里，他也被推到那里。宪兵还抓到了村长，一个个地拷问着：

"这是谁？"

"咱村里的，他姓王。"村长恐怖的脸上显露出一种坚决与庄重的表情，和他那故意的恭顺怯畏十分不调和。他明知道除了其中四个是本村相识外全是县长的人，但仍旧泰然地说出上面的话，他的心跳个不住。

轮到县长了。

"这是谁？"

"也是俺村里人,他叫老二,昨天才回家的。"

他望到县长的脸,感到十分恐惧。突然间,他的脸上挨了几个耳光。在他还没有从痛与热的感觉中清醒过来时,他顿时失去了所有的知觉,倒在地上,血与腿完全瘫在地上,他被刺死了。

敌人用刺刀把郭县长双手刺通,穿上铁丝,带回城里。

经过了一度极刑以后,敌人便进行他的怀柔手段。

"投降吗?放你到邢台做宣抚班长去。"

"你不愿意吗?那么,做邱县县长去!"

郭县长已经消瘦了,两手全是血,听到这话,从椅子上陡然站起来。

"你知道,我就是曲周县长,一个中国人,要杀我就请动手!"他从没有这样激怒过,他的声音变成了怒吼,眼睛闪着不可抑制的怒火,他的血液被一种仇恨浸透了,这时正在燃烧。

于是一个宣抚员,也是一个中国人,同他一道生活,劝他,安慰他,依照了敌人的意旨向他进行"宣抚"工作。然而这宣抚员却有几分中华民族的一颗心,他倒被郭县长"宣抚"以至泪下,他清楚得很,眼前受害的不是别人,正是自己的兄弟,因此他哭了。

郭县长被迫写了一本供状。

供状送到了邢台敌人司令部,它的内容却完全是一部论持久战夺取中华民族胜利的大道理和中华民族的正气,大大地激怒了敌酋,郭县长的最后时间便到了。

这一个丧事,三个中国人,宛然不同的中国人,郭县长同两个敌人的宣抚员缓步走到荒地里,谁也不说一句话。

郭县长这时抬头对着广漠黑暗的大平原瞭望,这是他自己的家乡,自己的国土,有自己无数的兄弟姊妹,有自己无数的年老父母,他曾经为他们流汗、流血,为他们做过殊死的斗争,他把自己整个生命献给了他们。但是,现在他要离开他们了,心中不免感到一点悲凉，他的眼仿佛透过一切黑暗，看到他们仍然同自己一样在斗争，他的心为他们跳跃着，他忘记了自己的死。

土坑挖好了，他自己便毅然跳下去。

"不能投降吗？"那个宣抚员的声音含了泪，他被眼前自己一个同胞为民族牺牲的壮烈行为感动了。

土埋葬了一半，将及小腹，郭县长的呼吸开始急促起来。

"不能暂时投降吗？"这是原来那个宣抚员的话。

"不能，不能，一分钟、一秒钟也不能，打倒日本帝国主义……"

另一个宣抚员，这个残酷的人面野兽，他举起一柄大杆刀，砍中了郭县长的后颈，但并不深，郭县长还活着。

"投降吗？"

郭县长突然睁开双眼，望着黑暗的平原，他仍然记起自己的民族与家乡，不忘掉整个民族的敌人，他的声音变弱了，他喊：

"打倒日本帝国主义！打倒日本帝国主义！"

郭县长就是这样殉国的。

现在你假若能到曲周的话，在郭县长殉国处，你可以找到一块大石碑，那是全曲周老百姓立的。年代若久远，石碑也许会湮灭，但在曲周，不，在全冀南的人的心里，你都会找到它！

一九三九年

焦菊隐

夜　哭

夜正凄凉,春雨一样的寒战幽静的小风,正吹着妇人哭子的哀调,送过河来,又带过河去。

黑色孵着一流徐缓的小溪,和水里影映着的惨淡的晚云,与两三微弱的灯火,星月都沉醉在云后。

我毫不经意地踱过了震动欲折的板桥,黑,寒,与哀怨,包围着我如外衣一样。

夜正凄凉,春雨一样的寒战幽静的小风,正吹着妇人哭子的哀调,送过河来,又带过河去。

我只能感觉这远处吹来的夜哭声,有多么悲婉,多么惨情。她内心思念牛乳样甜而可爱的儿子有多么急切焦忧呢?这我可不能感觉了。我不能感觉,因为黑,寒,与哀怨包围着我如外衣一样。

夜正凄凉,夜里的哭声颤动了流水,潺潺地在低语,又好似痛泣。

一九二四,三,十二夜,津

(选自《夜哭》,北新书局 1926 年版)

人　间

我把如一堆灰烬的心，颤颤地，交给了黑林后的皎白月；吹失了桂花香的寒风，持了钢刃刺向我两脚——想不到我会在这里孤单地徘徊。仰头望天，群星注视着我，似问我受了谁的谪遣，来在这凄冷的人间。

我颤颤地将头俯下，似经了朔风的枯黄叶，颓唐，恼丧；我也不知谁会这样神能万变，将我流放到这人间！

太息已往石榴色的五月，那时的金黄塔座已倾颓为葬钟时鸣的墓地，每日里烟火缭绕中燃烧着爱，信，与忠诚的死尸。现在是菊花初瘦的时节，谁还留意到隐逸的冷淡的罪犯，尚留守在人间？

我心还在颤颤地颤不断的藕丝儿。心神昏暗，联忆到幻梦中珠帘响处的绣凤裙。脚下踏着松土，摇摇荡荡，仿佛是暗海里的孤帆，而在独自破巨风浪在无涯凄苦的人间！

听倏忽从幽静里奔放出的哀怨惨愁的军笛，似受伤的天鹅辗转着发出临终时悚人毛发调。这声音，伴着寒冷，用冰霜药石抛向我虚淡空漠如死尸一般没了生息的心，一激，一荡，似潮汐牵惹沙滩，一激，一荡。在笛声最末婉转的一憩，而音韵还旋着月轮乘朔风鼓浪的时节，忽然一股泪瀑从胸之深谷里冲流出，向眼角涛涛滚去。这人间，摆好了利刃明刀，安好了网罟机阱；我理该受苦在人间！

昨晚梦里迷离着听见上京的铮锵金铙，幽袅丝竹，和谐着蟾蜍歌舞的余韵。至今夜，却只有一片凄然发光的大气，将嫦娥的银屏展在云边。我微弱的心啊，欲颤已无力。似今晚枭歌也是悲软无力，为着叹息我的受罪在人间。

瞭望着白玉坛上，黄金塔中的人们，一双双眼睛正对着绿窗红栏杆嵌明珠万千的繁富而微笑，更撩起我久居在峭崖下深窈处，独自对着夜半虎啸狮吼而伤心惶恐的感伤。为什么，这究竟，我也和人家来往同一个人间？

我嘘出微喘的寒气，静听沉重的犬吠，给夜的翻舞增了音韵，更拽动了恼人的寒风之波震。随了这波震的湍激，流泄着泪泉淙淙。两只脚似栽在新坟里的小杨柳，左仰，右仰，颤颤地颤颤地将身影幌在月光照遍了的花银窗。宇宙，只是如人生一样的缥缈，也颤颤地摇动，啊，这缥缈的……人间！

（选自《夜哭》，北新书局1926年版）

幻象的波澜

朋友，从你载满了香花的诗集内，我寻到了一处黄沙蔽天所在，这就是北地，充满了愁惨云雾和别离的痛苦的北地。

来呀，在这梦的团聚里，我们将互握着柔腻的手，像一对小女孩儿，倚傍着香肩，微微地低语，道着爱慕的芳香言语，如春峡中潺潺的细泉一样清响。

来呀，这梦里，你将仍居在北地，不会再感到暖国里的相思症，也更不信北地充满了愁惨云雾和别离的痛苦。这里没有虚伪，只有希望的蓝鸟和翱翔的白鸽；这里没有沉雾，只有光明和清爽；这里将为一切"别离的愁苦"悲悼，哀它不再在北地盘留。

我的朋友，来呀；如果这能是真的，我将如飞过了彩云的小鸟的欢快。但，朋友，你没有来：睡里，梦中，我只有空伸着预备接收你的双手，你没有来，终究没有来！

这里终还是愁云惨雾，和别离的悲苦。从你载满了回忆的香花的诗集里，我才晓得你为什么不会来到我的梦中！你也是正做着北地黄沙的好梦，盼候着我到你梦中去的！

一九二四，六，十六夜读赵景深的《幻象》，津

（选自《夜哭》，北新书局 1926 年版）

银　　夜

清幽的银夜，似秋霜匀染了灰蓝的风景。寒鸦在朦胧的树梢正呻吟着林边的呓语。

当我从温暖的家乡乘了金马到此冰国的时候，是为着我的龙钟的叔父；他在月下迎我下了檀香鞍座，递给我一杯橄榄香茶。那夜是芬芳快意；月亮正悬在偏东。

当我送我叔父到愿望的家土去时，我替他披上银斗篷，带上玉烟壶；月亮的白脸正映着他的白须。那夜是依恋不爽，月亮正悬在正中。

今夜，月亮偏西的时候，从寒鸦的口里知道以前尽是迷梦。不能再期会的叔父的银白发须不在了，而银白的月亮还是亮得如水，照着我泪满了的双瞳。

清幽的银夜，似秋霜匀染了灰蓝的风景，寒鸦在朦胧的树梢正呻吟着星边的呓语。

一九二五，一，七夜，京

（选自《夜哭》，北新书局 1926 年版）

夜 的 蹈 舞

  夜姑娘左手提起了黑蓝色的裙角,右手张举着墨扇,便翩翩地跳舞了。

  她薄衫的四面用沉重的明珠镶嵌着,半球的发髻上戴着一颗大珍珠。

  当她在不息地舞跃,那些明珠一闪一闪地闪出光耀,头上的大珠,有时被扇儿遮住,露出时便益发亮得刺目了;当她在左顾右盼,一丝丝的柳条轻轻地落入池中了,一朵朵的花儿偷偷地穿过竹篱了,但在她未看而不看的地方仍是黑暗的沉寂;当她在抖弄衣裳一阵阵的轻风送她袖中、裙里的香气,到百合身上,荷花身上,和夜香花的腋里,更布满了园里林间;当她在斟酌脚步,夜莺奏着美丽的歌声,能言的鸟在旁喃喃地讲说她跳得怎样的和谐的符节——呵,一切都催人入梦呵。

  夜姑娘于是微微地笑了,笑声荡漾到林边,林里的叶儿也哈哈笑了;在睡眠的鸟儿惊醒来,也互相问了一两声是什么消息。

  这在跳舞的夜姑娘实在倦了,便和衣卧在银灰色闪着海青光的帐里。于是,呵,于是世界上的一切都开始谈讲夜的美丽,一如剧场里一幕闭后的嘈杂声。

(选自《夜哭》,北新书局 1926 年版)

金肇野

忆白乙化同志

一个突然的消息传来，白乙化同志牺牲了，当时我有些不大相信，但想起来，又有什么不可能呢？那儿的战争是残酷的，而他又往往在火线上指挥队伍。

在证明你确实是牺牲了以后，多少人都在谈论你的以往，这就使我更感到加倍的哀痛。我记起了，当我在热河义勇军队伍里的时候，"平东洋"是我们很熟悉的名字，失败后在北平相会，才知道这个平东洋就是你。"九一八"后，你曾经凭着几支破枪袭击伪警局，号召青年反抗日本帝国主义，在你的家乡与敌人搏斗。因为这样，使身在辽阳的父亲不敢承认你是亲生的儿子。当时，我们都是一样的失了家乡的孤儿。我们在看着《塘沽协定》《何梅协定》的签订和冀察政务委员会的成立，政府之"长期准备""先安内后攘外"的继续卖国的内战消息。我们扪着心头的创痛，忍无可忍地望着家乡的沦亡，政府对三千万同胞的遗弃。因之，你便积极参加了反对政府卖国求荣，挽救国家危亡的"一二·九"运动。

这样，在敌宪兵司令部看守所里，我们又成了同窗之友。我还记得在一九三六年北平香山夏令营，你是那千百个青年之领袖，就凭着在东北干义勇军时的一些游击战争的经验，和曾在东北讲武堂教导队里的一点军事常识，来教导这成群的青年学生。你是夏令营的总队长，你常常挥动着右手，讲怎样过集体生活、军事生活，每个字都响亮地打印在青年学生的心底。你严肃的姿态是多么的使人尊敬啊！

我记得在北平读书的时候，你是在中国大学。以后你又到绥西去，领导东北流亡难胞在那里开垦，要建设一个理想的新社会。

卢沟桥事变后，在绥西的白乙化同志又吼叫起来。你告诉我：你跑到太原去找八路军，还被阎锡山特务人员监禁了几天，才回到绥远，一部分女孩子已到陕北去了，剩下几十位青年伙伴便组成了抗日先锋队，你被推选为这个先锋队的司令，就在绥西、雁北的前线上与敌战斗着。这支游击队在不断的战斗中壮大起来了。

一九三九年春，平西挺进军成立不久，在一个山庄上我们会面了，你还是那样高大，只是满腮生了丛丛胡须，骑在马上，有着西班牙骑士的风度。你告诉我，你把队伍带到平西来了，想名副其实地把先锋队摆在抗日的最前线。这样，我们又成了亲切的伙伴。那时，你瘦了，你有肺病，而工作又迫切地需要你。抗日联军内部出现了一些问题，你又积极地做思想工作，便把那支纪律很坏的部队勇敢地率领起来。当第一次指挥这支部队打仗的时候，是在平西斋堂附近，还有×专员和宛平×县长在一起，可是最后在前线的只有你们三个和几个"特务员"，战士们都溜下山去了，敌人冲上来了，机枪在你们眼前嚎叫，你很沉着地用一支三八枪掩护两位首长安全撤退。你回来了，仰卧在山坡上，长叹一声，琢磨着带好部队的办法。谁都知道，要带好这支部队，是一个艰巨的工作。当时多少人替你担心，眼看着这群乌合之众，没有政治教育的部队会垮的。然而，你是那么耐心地用布尔什维克的作风团结他们，教育他们，不到两个月，便创造了轰动平西的沿河城战斗的胜利，固守据点之敌全部歼灭，缴获了很多文件和武器。

冬季里，挺进军整编了，你担任了团长职务。是去年一月初旬，我们还一起去永定河北开辟新区，又到平郊去活动。就在阴历除夕，袭击门头沟、王平口、前军营、万佛堂。我还清清楚楚地记得高线公司的两个锅炉被炸毁，在门头沟附近的高山上听到万佛堂轰炸的巨响，和看到通天的火花。那时候你的位置是在凤凰庵，这儿是被你们摧毁了的敌人据点，你就站在这儿指挥作战，我是随着你们的部队走进门头沟的,汉奸伪警都跑了,日本"皇军"不敢走出营房一步,乡民在热烈地欢迎你们。

春季反"扫荡"中,你指挥的一个团担负了东北面的战线,在山神庙、碣石岭、青白口,无数次地袭击敌人,击落敌机,配合平西全面战斗,完成反"扫荡"的彻底胜利,博得群众拥护和考察团的赞扬。

春季反"扫荡"结束后,上级决定你在一九四〇年完成开辟冀热察抗日根据地的任务时,你是多么欢喜啊!到最前线上了,到东北的边疆上了,到你的家了。为了收复失地,完成上级给你的革命事业,你已如愿地在这块土地上流了最后一滴血。

平北根据地是用你和无数同志们的鲜血创造起来的。谁说不是呢?沙塘沟之役、五道营子、琉璃庙子、南天门,以及这次白马关附近的战斗,都看到你是那样沉着地立在山巅指挥着队伍,有时你还在吼叫着。我们在××沟村,你起先是在村边,炮就打在那里,后来你更往前进了,排子枪的子弹打落了我们身旁的杏树叶子,打在那杏树枝上。一个小鬼吓得一缩脖子,你还骂他怕什么。在那个战斗之后,你就率领部队开往东北的边境上,创造丰滦密地区。当我也到那儿去时,路上的老乡们都在称颂着你们胜利的消息,他们不知道你的名字,但只记住你的特征,向上长着黑黑的胡须,敌人也在打听你的踪迹,鬼子手往脸上一比,问大胡子哪儿去了?我还记得在白马关刀家营一带,总是有二三百个日本兵跟随着你们,你们前进,他也前进,你们住下,他也住下,相距不过四五里地。老乡和敌人都弄不清你究竟是个多大的官,因为你既不骑马,又不吃好的穿好的,什么都和大家一样,尤其跟随你的是一个扛着步枪的壮年。但是你又那么能打仗,对群众非常和气,并严格注视部队的群众纪律。

在平北,你给八路军带去了良好的政治影响,给沦陷区的人民以无限的希望。然而，你还有很多工作没有做完，你还有许多的优点和八路军的光荣传统，都等待你在平北发扬，可是，你在这个时候牺牲了。当你在白马关附近的马营战斗中，虽然以你们的英勇战斗而获得了战斗胜利，但是我们总觉得你的牺牲是值得我们惋惜的，因为你还很年轻，革命还有许多工作需要你，尤其就在你壮烈牺牲的时候，也正是国内反动势力倒行猖獗的时候，中国革命队伍中多么需要你这样一个坚强的干部啊！同志，你真的死了吗？那么你就安息在塞外的风沙里吧！我们，你的未死的伙伴们，肩起了你留下的事业，向着你奔走的方向迈进！

老
向

村　声

没有声响，不足以表现寂静；没有寂静，也不足以显示声响。这种情理，在居住乡下的人们很容易悟出来。

从太阳没了说起吧。爱吵爱叫的孩子们，都像小麻雀似的各自回家去了。所有的街巷一齐入了睡眠状态。完全黑夜自不待言，就是有月光的日子，那路旁的树影儿也不会把孩子们喊出来再玩玩不是？偶尔，纯乎是偶尔，有个小贩在晚餐以后会来吆喝一声"老豆腐开锅！"。那声调又高又颤，好像一只带伤的秋雁，飞到东西，飞到南北，终于又飞回来。因为四围都让寂静给塞满了，没有它的去路。

雄鸡司晨，仿佛是鸡祖宗留下的老例。然而定县的雄鸡很有些"祖宗不足法"的创造精神，它爱几时叫了就几时叫。它的鸣声很草率，大概它并不指望着震动天下！也不管那些打夜作的人们听了发生什么感想。它仿佛是对于这黑夜的寂静有些胆怯了，所以要试着叫一叫。

俗谚说："夜猫进宅，无事不来。"夜猫，俗名叫作秃枭。许多人家都把秃枭当作凶鸟，很厌恶它在深夜间大呼小叫的。本来夜里静得就有点死气，它的啸声仿佛使死气颤动起来，自然不免有些鬼气森森，无怪乎人们听了觉得有点毛骨悚然。我个人并不怎样讨厌它，绕在我的住室前后的枯树上，时常有一两只枭鸟夜鸣。在这无边寂静的秋夜，它的一声高啸，到底把寂静画了一个轮廓。

在这并不夜不闭户的年头儿，夜间有比枭鸣更足以使人提心吊胆的声音，那便是群狗狂吠。自然，狗有时也会咬空儿，所谓为了要叫而叫的，但是据说大部分是有所见而叫，人们怎么能不惊心？在有许多村狗向着一个目标叫成了一片的时候，留心门户的人们会爬到房上去，相应的有一两声表示他有戒备的假咳嗽。

夜间的声音，不知道从哪一个时刻起便宣告结束。黎明，首先冲进村街的是一面"咚咚咚"的破皮鼓。敲鼓，在北平是卖零碎木炭的唤头，在此间却成了卖豆腐的了。无论多么困倦的人，听了这破鼓晨声，若还赖在炕上，那便是村中加料的懒人，便会失掉许多街坊的同情。像我们这些按照钟点作息的人们，有时感到这面破鼓惊扰睡梦，心里很不高兴。可是继而一想，这只能怪自己起得太晚，怪不着别人。而且这面破鼓，不论冬夏，也不论风雨，比鸡叫还靠得住，天天准是黎明即到，默默之中有着报时钟的作用。

晨鼓之外，这一个整天儿还有一种经常的声音，就是卖烧饼麻糖的那面小铜锣。乡下人们，要不是去瞧病人或是哄孩子，谁能那么不知物力艰难，随便拿起个烧饼来吃吃？好，这样儿，一时出售不完，那端烧饼的可有活儿干了。他好像一个吃着双工钱的更夫，由早到晚，由东铛铛到西，由南铛铛到北。最初我们觉得他简直是发疯，以为敲一两下，大家都听得见就得了，何必那么不怕麻烦连续着敲？后来明白这道理了：说他生怕锣声一住，这个村庄便真个静得死过去，也许靠不住；说他自己忍不住这寂静，八成没有错儿。

在寻常的日子，村子里再没有别的声音了。遇上城里大集的日子，有个把卖鸭梨的小贩，剩下了货底儿，在归途上路过这个村庄，也许顺便摆在街上吆喝两声。这时，许多人们不论买与不买，总要跑出街门来看看。但是十集八集，这类小贩也未必来一回。

村妇骂街，也不失为冲破沉寂的声音，可惜是也不常有。

另外，在白天，碰巧了有"钱买杂皮"或是"猫皮狗皮换鞭梢"的小贩到了，村里的狗们一定会总动员去欢迎他，远远地向他狂吠致敬，也还有相当的热闹。

晚饭以后，我们时常翻阅《皇历》，挑拣诸事皆宜的好日子，猜想会有谁家娶儿嫁女，会有一班吹鼓手来大闹一阵。及至到了那天，并无此事，心里仿佛失掉些什么似的。

  有时觉得下雨也好，下雨可以听到檐前的滴水淅沥；刮风也好，刮风可以听到屋后的白杨萧萧。恰巧在这春秋多佳日的季节，又少风无雨。

  深山古寺里的和尚，不肯蒲团静坐，养性修真，偏要去听听鸟叫，听听泉鸣；早晚还要轻叩木鱼，低诵经文；有了这一切还嫌不够，不时的还要笙管箫笛铙钹钟鼓地大吹大擂。以前我不懂这是什么出家人的道理，现在我明白了。街上一个小孩子随便大嚷一声，不是都能把我叫出门去吗？

  一九三四年十一月一日于谷中

（选自《黄土泥》，上海人间书屋1936年版）

柳芽儿和榆钱儿

今年春天在定县城里住着,没有见过一树桃花,街上已经有卖柳芽儿和榆钱儿的了。

叫卖这两样东西的,多半都是乡间的妇女。她们提着荆篮,或是担着柳筐,怯生生地站在街头呼唤:

"买榆钱儿来!"

"买柳芽儿来!"

那半羞的颤动着的音调,在大清早晨,一声尖似一声,应是生活疲劳的哀诉吧。男人们都不很情愿做这样小气的生意,满篮满筐的货品,再搭上多半天的工夫,还未必卖得了十几个铜板,实在有些不好意思。不过,他们也不是完全不帮忙,爬上树去攀枝落叶他们也费了一份儿力气。

直到今天,卖榆钱儿和柳芽儿还是一种不纳税的生意,虽然期间只有五七天,对于乡下的贫苦人家,总算也是一个有收入的季节。她们老早地就徘徊在榆柳行中,眼巴巴地瞅着那些嫩芽儿的露头和展开。有一天,真个盼到榆钱、柳叶都成串地挂在枝上了,她们真是兴奋得了不得。她们不一定得到树主人的允许,就三五成群,匆忙地去实行采集,又匆忙地把这新鲜的野味亲自送到城里来叫卖。

这两种东西都还算不了珍品。卖剩下的一部分,她们便留下来自己用,不过,烹调的方法和城里不同。

城里人的吃榆钱儿和柳芽儿,跟他们在端午喝雄黄酒,中秋吃月饼一样,目的在应一应节景,并不是知味。他们把一撮撮的榆钱儿当引子,拌上大部分的白面,切上葱花姜丝,撒上花椒盐末,摆在笼屉里蒸成疙瘩;蒸熟了,还得加上酱油醋蒜之类的作料;几时把那一点的野味鼓捣完了,才肯动筷子。那些卖榆钱儿的乡下贫人,大概不会

50

那样绕着弯儿地做东西吃。他们一采下榆钱儿来，就能够大捧着生嚼。用一碗玉米糁儿和上半盆榆钱儿，蒸成"苦累"，再能加上点盐，便是使他们食之忘饱的盛馔。

我个人的经验，在榆钱嫩的时候儿，最好是生食，清脆香甜，比西餐馆里的生菜好吃得多。榆钱老了，风吹落地，扫起来储存着等到年节，再把它上干锅一炮，单嗑中间的小核仁，实在比黑白瓜子的味道还美。

柳芽儿是指嫩的柳絮和柳叶这两种东西说的。乡下人采了柳芽儿，先在开水里一焯，浸在冷水里泡了，再捏成一团团的，才出去卖。烧开水的柴火，那是下的本钱。城里人买了这柳芽团，不惮其烦地再用冷水浸一两天，把苦味去净了，用它炒肉，拌豆腐，以至于做饺子馅儿，味道仿佛干菠菜，没有一点儿新鲜。那些乡下人家没有那样浪费的吃法，他们也不肯把那点苦味道淘汰完了，因为苦仍不失为味，有时他们也拌上辣椒吃。

很想到北平去，或是到南京去对那些贵人们宣传一下柳芽儿和榆钱儿的富于生命素。他们要是肯把这两种野味代替了海参和鱼翅去宴客，客人也以无此野味为憾事了，那该是什么景象？但是又一想，也幸而那些贵人们没把这两样东西和鲥鱼莼羹一样看待，不然这两种东西怎能留在乡下，使我们还有一尝的福气？好，等于没有想。

叫卖榆钱儿和柳芽儿的声音渐渐的稀少了，应是春光已老！她们该是忙着去剜蕨菜芽儿了吧！

一九三四年四月十四日于定县

（选自《黄土泥》，上海人间书屋 1936 年版）

雷
烨

惨杀场视察记

翻过一条山梁，我们就遥望到群山环抱的山村。走进村头，招人注意的白粉墙上刷着三个大字"潘家峪"。道旁大树上钉着两块长方形的松木牌写着"排共彻底""亲日和平"。

在我们眼前的尽是坍塌的房屋、破墙、瓦砾、草灰、焦炭，再往庄里看：看不见烟囱，更看不见袅袅的炊烟，只有几堵白墙耀眼，已经看不见昔日的黑瓦与草屋了。

极目展望山坡野地，看不见昔日的羊群与拾柴草的孩子，也没有一个下地的人。

走下庄头的高坡，我仿佛是在冬日深夜走进庄里来，昔日的深夜，我还能听到驴叫，但是此刻正是午饭时分，初春的太阳笼罩着这山村，昔日蹲在墙根晒太阳的老人，昔日在和暖的太阳光里嚷着、唱着、叫着、跳着，相骂打架的孩子们都没有一个。

我寂寞地向庄里徐步走去。

过了庄头的石桥到岩石下，有一个不过二尺宽三尺深的小岩洞，塞满着苍绿的松枝，洞外散乱一地的玉蜀秸尚有未烧尽的夹杂其中。

拿开松枝，我吃惊地看到四个焦黑的女尸。

石桥边就是潘惠林家——惠老爷大院，洋灰门墙非常坚固，一进院门，眼前尽是人尸，恶腥的气味迎面扑过来。

特别惊心触目引我注意的是，宅门右首石槽上一个女尸，她赤身裸体，有半个脑壳被炸得血脑殷红，右手搭着槽沿，左手向上屈伸，背贴着砖墙，据来认尸的人说：这是潘正东家里的孕妇。她的肚腹若不是被火烧的崩裂，那一定是遇鬼予以刺刀划开，灰色的肠子翻露出来，将要到月的胎儿两只小手抱着小头，横在母亲的肚肠上。

敌人是把这大院当作烧杀场。我来视察时，有许多惨状是看不见了，这天我可能看到的不过是十分之四五而已。

据来认尸的青年李某告诉我："杀烧的第二天我赶来认我姐夫尸首，这大院子是死尸盖着死尸，大院子里是满满的，火苗还旺，我们这些来认尸的就挑水泼了半天，水泼下去人肉发出吱吱的声响，发出焦臭……"把火苗泼灭以后，稍微可以辨认的尸身已抬去掩埋了。

虽然我看到的是十分之四五，然而已经到处是人尸，可见当时乡亲死难之多与死难之惨了。

还可以辨认，并且由亲属来认的尸首已经用旧柜当了棺木，死者焦黑的脚露在柜外面。有一个炕席放在南墙根，我去打开看看，是一个男尸和一个女尸，臂膀弯曲，鼻眼都烧掉了，肌肉烧成泥土色。

最使我愤慨的是老人、妇女、儿童的惨死。这些弱者的尸首，也触目皆是，单就大院里来说，孩子们小小的尸肢就不是一个两个，也不是百十个，在尸场中就很难将孩子的尸首数清楚，令人所惊吓的那些弯曲乌黑的小手，焦黑模糊的小头，焦炭似的小腿和小棉鞋，在大院里是几乎随处可见。

大院北面平房墙根，太阳能照着孩子的尸身——若是在昔日，孩子们一定是天真地、好奇地瞅着我，或是在姐姐背后发笑，我只要唱一支歌谣，孩子们就会围拢过来听我唱的，摸摸他们的脑袋，要是我说话，姐姐也许在弟弟背后笑我，抿着嘴笑我："这人多侉！"

此时走近孩子们的尸身边，无比的愤痛绞着我的心。

这许多已经过集中，无人来认领，暴露到现在的死孩子，个个都光着小身子，经过春雪、严霜的寒冻，经过水泼，小小的尸身凝缩成僵硬的焦炭形状，也不是像病亡时那样平直地躺着，而是弯曲、蜷缩、仆倒、焦黑、碎裂、恶腥……以这样的惨状看来，被扔进硫黄烈火里，被压在火堆底下，被掷掰践踏的孩子们，挣扎着，被煎熬着，想爬又爬不起来，于是被火煎、血熬，于是挣扎起来而又仆倒，于是痉挛、弯曲、蜷缩、焦臭、肚腹崩裂……绝痛而惨死。

半焦黑的孩子尸身上还能发现三八式刺刀的戳伤，还有血污，受伤的孩子先遭受到杀伤的痛苦，痛苦中又遭烈火煎烧。这样的痛苦，我们就不忍想象了。我们的孩子，中华民族的儿童，在不忍想象的痛苦中，被鬼子惨毒地毁灭了。

已经无法辨认哪个是男孩，哪个是女孩的尸身，我只能辨出一个大约有十一二岁的女孩——一个惨绝可怖的女孩尸。她只有上半截身子，下半截烧断了不知落到什么地方，也不知是否变了焦炭灰，头脸还全，蓬着黑燎的头发，发下死色的脸上凝着发紫的血浆，眼、鼻、嘴里血污模糊，就分外显出孩子死的恐怖。

在女孩尸右边的一个孩子，肚皮崩裂，下半截身子也是焦黑，拖在地上的肠子也冻硬了。

孩子死尸一个比一个惨。一个被烧得身首异处的孩子，据来认尸的人说只有四岁。

在宅门右手炭灰中有一个焦煳的孩子头。

在我面前，一个孩子只有上半截身子，头向后仰，眼睛紧闭着。

我也看到尸堆中一个孩尸，头、四肢、肠肺、心脏什么全被烧没了，只剩下一块约一尺长不到三寸宽的灰色肉背。

走近一个满身焦黑的孩子尸身，细看崩裂的脑壳，是血脑混合凝结成核桃似的污红的一团。

不仅是我们的孩子被鬼子毁灭，还有孩子的母亲、长辈和姐妹。

读者，你还能回忆潘成七十四岁的老母和一个孕妇的惨尸吧？

我们潘家峪的母亲和闺女遭鬼子奸淫烧杀了。

暴露在白薯窖边的女尸，据青年农民×××告诉我道："这些都是年轻貌俊的女子，有闺女，也有媳妇。鬼子把全庄人圈在西大坑以后说让她们去做饭，硬把她们推下白薯窖……我们也是被挑出来做饭的，以后只听到白薯窖里的怒骂、嚷叫、哭号，不一会儿女人的声音慢慢低哑了，又歇了一会儿，突然一声女人的惨叫，就没有声音了，才看见鬼子爬出窖来，点燃几捆玉秫秸往窖里扔，我们就看见从窖里冒出黑烟。"

听了这个青年农民的诉说，再加上此刻我的目睹，我的沉痛、愤怒，使我不忍向读者叙述女尸的惨状。

我们所看到的大约三十多个女尸是如此：赤身裸体，身上没有一块布片，暴露在人们面前，死者的惨死过程是先遭到鬼子的奸污，再是戳死，最后遭火焚烧。死者的下身最惨，鬼子奸污了她们又以刺刀挑破她们的下身，肚肠拖出，头发、上身、脸上沾满血污。可见，她们当时横在血泊中。从尸身上看来，鬼子的放火烧尸是企图把女尸烧成灰，那就渺无痕迹，于是血污抹去也就好让中国人看不见鬼子的兽行。由于柴少，火不猛烈而把惨得怕人的女尸烧成半焦半黑，瞪眼龇牙，令人不忍再看一眼。

向大院里尸丛中再看一眼吧！有许多已经分不清是男是女，零碎的肢体中，有些还剩下一条腿，一只小脚。

惨死了的母亲还抱着哺乳的婴尸，母亲总是想保住可怜的小生命，以自己的身子挡护着孩子，母亲死了，羔羊似的婴儿也死在鬼子的血手里……

我愤怒地彷徨，张望。昔日，向我亲切称呼同志的兄弟们，亲切关怀挂念我们的老人，曾经为我们殷勤做饭的嫂嫂和姊妹，生前已饱受了"王道乐土"的灾难，此刻含着无限的仇怨，横在夕阳斜照里。

北风吹来，院里弥漫着一片异样恶腥的气味，焦布片、人发、尸灰在北风里旋舞起来，已经是黄昏时候，踏着瓦砾，我深入大院里，迎面站着一个男尸——两手直伸，黑眼洞，龇着灰色的牙齿，全身赤体，污黑，拖着肚肠。再进入屋里，瓦砾掩着人尸，从瓦砾里冒出恶腥的黑烟，在窗台上一只精瘦的黑猫蜷缩着身子在啃焦黑的白薯，一见人来，突然立起，睁大的绿眼珠向人怒视，愈增加我们的凄凉。

我们站着，倒坍、空洞的宅子里，似乎有听不见的仇怨、哀号、惨叫！举目四望，落日里，只看见恶腥的黑烟。

我们从黑烟、瓦砾里钻出来，那位白头发潘家峪的老奶奶已站在夕阳里向尸首哀号：

"那是我的侄儿……"

"那是我的妞妞嘞……"

"你们烧的：人不像人、骨头也不像骨头……"

"你们烧的：我也认不清嘞……"

老人的哀号以外，听不见昔日里牧羊少年的歌声和老人的咳嗽，没有炊烟也没有灯光……

黄昏里，在潘家峪，我们向谁告辞呢？

(选自《杰出战地记者 雷烨传略》)

雷加

王冠的宝石
——献给×大队的指战员们

秋收时的太阳,骄意地斜射着。大地羞涩地袒露出刈毛的羔羊般的面孔。干燥芬芳的气息轻快地追逐着农民的笑颜——晋察冀边区的第一年的丰足秋收。

强盗们惯于利用任何有利的时机。这次,他们不但蓄意抢掠我们的秋收,还想对屡次给他们以最大创伤的渐趋坚强的抗日根据地以可能的摧毁。被敌盘踞之盂县城里的街长(属于伪组织之一种)也早已向我×大队报告过敌人的这种企图了。

新任的×大队队长想给敌人以无情的打击,要沿路埋设地雷,为了侦察地形,他们一早就出发了。同去的有政治委员,那天是九月廿四日。

但是他们出发还不到两个钟头就打回电话来说:"进攻的敌人的前哨已与我军军士哨打响了。"

×大队在全边区的纪律检查上,得过"经得战时准备"的好评,他们时时准备和敌人火拼,并不限于这次。何况,他们战线的布防、火力配备,在上次敌人进攻时已试过一次,其缺点和不符实际的弱点都等这次来弥补。

他们用突击的速度占领了几个制高点,其中的一个在最前端,并且是孤立着的,如同堵在海口上的岛屿。王参谋长曾这样说过:"敌人也看出了小独头的险要,他们上次进攻上社时,就先夺取了这个山头,叫我们吃了一次小亏。这也要得,不然,我们不能每天都在小独头放一个军士哨,要不也就不能在三四千敌人进攻之下只是一个军士哨就守住了这个险要的地方,再说还是那么从容不迫的。"

敌人不知为什么放弃了小独头，开始将行进中的四路纵队散开，一直逼近我们射程的最近处。炮弹由他们背后抛到我们的阵地上，像风吹落的烂柿子。枪声咝——咝——，比布纹还密。他们在密集的火力掩护下扑向我们的山头。先是用千数人向西山硬冲，黑压压的一片，吆喝着，挤压着，攀石抓土地向上爬。但当最先头的喊起："反共灭蒋——愿意做官享乐的过来……"（由此断定他是伪军，并且伪军还不少）还不等煞尾，就见他四脚朝天地向后倒下，接着手榴弹的轰响，将百余米内的几十人完全毁掉。

除了踏过的石块有些滚动之外，山头依然不动，仍在我军手中。

与这同时，正面也有千数人向前冲，他们躬着腰，企图将两肩也塞进钢盔似的低下头，踏着碎步跑来。他们又是那样互相警觉着，只要身边有两个人倒下，转身便跑。这样在百米射程内反复了几次，跑回来跑回去像笼中鼠一样可笑。然而我们的正面只有一排人，看样子如有一班人也就足够。

靠近××村的山头是第一连的防地，在××连与小独头之间，××连占据了更高的地势，对过东山上又高踞着我们××连的弟兄。当我们三面夹击的火力像铁筒一般地围着敌人的时候，他们颓然低下了头，像包围中之敌那样等待着自己的命运。

零落的枪声继续着，混杂的低语汇成的声浪的洪流，时起时落。敌人在仿佛跑马场一般大小的平地上开始向东慢慢移动，好像要做一次什么新的尝试。

东山前土岗上静卧着一排人，那是属于××连的前卫部队，××连的主力便在后面的横山上，他们互相毗连，如同前胸和头颈似的。这排人一直在观望着，好像打仗是别人的事。

排长是个老战士，在每次战斗中他都会获得新的荣誉，我想所以单把这排人派作前卫的，应归于排长的光荣。他的名字叫赵凤祥，三十岁上下，一个在北平早晨常见的提鸟笼的面孔，好像他不但熟悉人间事，还同样洞悉鸟类世界，充分表现了平淡的和蔼。他在战场上以身作则地告诉弟兄们该怎样勇敢和镇静，同样在平时还会教弟兄怎样炒米和补袜底。对他的名字伸出了大拇指，他的热腾的血滴也将是×大队王冠上的宝石之一。

敌人向东移动，吸引了这排人的视线，他们怀着看钱塘江潮的心情等待着。右翼的某班长忽然一声疾呼：

"日本弟兄们掉转枪，打倒日本法西斯！"

左翼也有人像呼应似的迸出了刚学过不久还不甚顺口的日语口号：

"打倒日本帝国主义！"

喊声好像发挥了效力，敌人停止了一下，又在缓缓地移动。然而事后的检讨告诉我们，正是因为我们左右两翼的呼喊暴露了自己的兵力，才招来了敌人的猛烈的进攻。

敌人静止了十分钟，然后集中炮火掩护，用两连人开始向我们冲锋了。在这里与其说敌人顽强和其兵士的勇敢，莫如说我们的兵力与他们数倍以上的兵力，我们的火力与他们数十倍以上的火力的鲜明的对比，壮了他们的胆子。

排长赵凤祥扬起眉毛，在告诉弟兄们准备起来。他们最有信心的准备是，一方面要在密集的炮火下一动不动，一方面要顶子弹上膛，要将手榴弹握在手中，这之间还要尽可能地来减小自己的目标，而且在百米之内发现自己所要狙击的第一个敌人。

敌人像羊群似的向上推进，在突然阴暗下去的云雾下面，钢盔如同潭里的荷叶似的浮动，前端的几排人在我们准确的手榴弹的尘烟中倒下，使后面的人迟疑一下，才又越过挣扎着的尸首继续前进。

我们的火力制止不住敌人的进攻。敌人虽然一批一批地倒下去，然而由这个石堆到那个石堆的前进是继续着的。最后,敌人已经非常逼近。

指导员在不利的情况下是有撤退部队保全实力的权力的。他是这个战斗的唯一的上级,所以他的撤退命令风一般地传遍了每个战斗员。他们迅速地由各个位置爬下去,准备通过两山之间的鞍部,与背后冲上山的主力会合。如若我们能坚持这较高的阵地,即使敌人占领了我们放弃的土岭也毫无用处。

但是撤退的动作使赵凤祥惊惶了,他焦急地前顾后瞻。前面一百米的敌人以浪涌的姿态向上挺进,而身后的坡面却有二百米远,即使我们下山的速度能比登山快上几分之几,但当我们用了最大速度通过鞍部爬上横山的山坡时,敌人正好在占领的土岭上用斜射的角度向我们齐射。

由他背后响起了急迫的吼声,吆喝他赶快退下。这时留在山头上的只有他一个人了,但他的决心定了,他自言自语道:"我退下去也是死,不退也是死。"他回头望了一下接着说:"就这样,我这十排子弹和两颗手榴弹也许能掩护弟兄们好好地退下去!"

一股民族英雄至上的微笑溜进他的嘴角,使他变得更加镇静起来。

他透过石缝望出去,对着敌人最密集的部分掷去一颗手榴弹,使他们倒退了几步。不到一分钟,他的第二颗手榴弹又掷下去。一阵静寂压迫着他,他开始握起在盂县附近游击中得来的三八式枪准备着。

这样他在五十米之内准确地射倒了冲上来的一个、两个,到第五个的时候,他感觉好像一根血管要迸裂了,右手臂近于麻木似的沉重起来。然而,他的背后,刚刚由他的身边退下去的那一排人已经登上了第二个山头,在向敌人突然放出第一枪。这无异于信号,好像说:"退下来吧!我们现在来掩护你!"

于是十几年来的战斗经验使他像猫儿似的溜下来,接着他听见了

由他的头上飞到土岭上的我方密密的弹雨。他惭愧着，几乎在数着为他而放过的每一颗子弹。他分明记得平时他常常训诫弟兄们不要浪费枪子儿的话。

直到他安全地回到自己的排所占领的阵地，敌人虽已抢上了土岭，但在我方火力下远不能安放他们的机关枪，所以当他爬上山坡时只有几颗步枪子追踪着他，没有损及他的一根毫毛。

他的汗水流下来，平卧在他身旁的那个前两个月还是一个农民的青年战士，望着他那如鸟翼的眉毛问：

"你曾经干过这套玩意儿吧？蛮漂亮的。"

这时敌人将小钢炮又对准我们的新阵地轰击，同时土岭上的敌人也未停止，一直冲下鞍部，准备再进攻我们的新阵地。但是这次，我们的优越火力很容易地控制了他们的活动，就是说冲下鞍部的敌人被我们由上而下的火力压得头都不能抬一抬。

如此支持到下午五点钟。

正面的敌人因为我们已把警戒××村的×连调转来，所以他们想正面突破的计划在几次试验之后也归于失败。

这是稀有的战斗，居然以几连的兵力守住了几个山头，像铁城钢壁似的连接起来，抵住了敌人的每一秒钟都在轰响着的炮火。

填满了晋察冀边区的战斗着的山头与山头之间的，神圣的民族英雄的血肉和喷发着热情的气息万岁，万万岁！

一九三八年

（原载 1938 年 11 月 7 日《抗敌报》）

李风

杨秀峰印象记

6月中，我在靠近沙丘地带的一个小村落里，访问了杨秀峰先生。

这是冀南特有的天气，没有风，天空蓝碧高阔，田野宁静异常……"轰，轰！"远处有一两声炮响，沉重的音响散播于阒静的田野。

我穿行于青郁葱茏的树林之中，向一个四周沟渠纵横的村落走去……透过树丛往南约二十五里的地方，就是敌人盘踞着的××城。

我吃力地走在沙土上，一面相度着地势，这一带涉足可入的沙丘和灌木成林的树行子，成了我们天然的蔽障，最好的游击根据地。

炮声大概就是敌人向我们示威了。

因为是在游击环境中间，故一切都简便异常：工作、生活、吃饭、睡觉一无定时，而杨先生也在这样的情况下领导了冀南的最高行政中心——冀南行政主任公署，与敌人在大平原上斗争。

杨先生住在一个老百姓的院子里，经过岗卫的通报，我就跨进了大门。

院子里木桩上拴着两匹马，安静地啃嚼着草叶，几个戎装的青年在谈天，一切都十分平静，一切又都显示着战斗的姿态。大概随时可以"游击"吧！

杨先生从里院走出来，我赶上几步和他握手。

"请里面坐。"杨先生笑着招呼我。

我无法描摹杨先生那种煦和的风度。他谦逊而不做作，他会叫你感到亲切而不拘束，他也没有执政者所惯有的威凌的气焰……

他穿着朴素的军装——是为了行政人员也要军事化的缘故吧！是那样宽大的衣服，以致同他并不强壮的身体比起来显得十分不相称。

如果你看到杨先生那样苍白的脸色，那么你会相信过度劳作是在逐渐蛀蚀着他的健康。他脸上纹路很深，鼻梁上架着眼镜，但遮不住他那锐利的光芒——这在我和他谈话做笔记时，他能够很快地指出我误写的字，就可以证明他的眼镜并不妨碍他的工作了。

随着杨先生走进一间普通的房子，这大概就是他的办公地方了。

老百姓的住房，普通的陈设，所不同的是迎面的桌子上满堆着文案。此外，是笔、墨盒、纸张……砖炕上有一个皮包，一床毯子，再没有其他的东西了。

杨先生向我介绍了他的夫人孙文淑先生。

"这是×同志，来访问我们的……"

"欢迎！请坐吧！"孙文淑先生为我搬过椅子来，又忙于倒茶。

也是穿了军装，也是营养不足似的脸色，然而却是那样殷殷地招待着我。

孙文淑先生是杨先生有力的帮手，因为杨先生有耳疾，孙先生就助理着杨先生解决一切问题，同样的劳苦，同样的为人们所景仰。

我不曾向他们致敬，不仅因为口讷，而且是因为在这样亲切的招待下，使我忘掉了世俗的应酬。

"游击生活够劳累吧？"我只好这样说，因为这是我真诚的感觉，从他们的面孔上，从他们工作忙碌的情形，我是这样感觉着，因此我就这样说了。我希望他们体会到我的诚意。

"一样，大家都是同样劳苦的！"孙先生谦逊地回答。同时她做手势指一指自己的耳朵，又指一指杨先生："他恐怕听不到。"

杨先生笑了，很注意地听着，我也笑，说话声音提高了些。

"工作忙吧？"

杨先生用手罩着耳朵，似乎非常抱歉地笑着。

"不十分忙……总之天天在工作，感觉不到特殊的劳累。"

他招呼我坐近桌子。我问:"我们有时间谈一谈吗?"

杨先生点点头:"当然可以……"

在杨先生处逗留了整整一天。我提出了那样多问题来请他答复,他都耐心地回答了。杨先生没有丝毫的倦容,他的语音是那样高亢有力,而且是那样有条理,这使我不能不回忆到他在北平执教谆谆讲读时候的情景。

从早晨一直到太阳的光影从西墙上消失了,一整天的时间耗费在和我谈话的杨先生,并没有少做多少工作。在谈话的时间里,不断有人来请示,来拜访,不断地有报告,有呈文送来,杨先生都迅速地接见了,解决着一切事情,他批改着,接谈着,耐心地指示各种行政设施,又解决各种问题。

一些人走进来,又有一些人走出去。杨、孙二先生客气地招待他们,谈话解决问题,然后又客气地送出去……我冷眼看着这一切,我觉得他们真是……真是什么呢?我想不出来,我只觉着他们是勤苦的,真正称得起"为民父母"的人物(自然不是过去的那些父母官)。

时间太晚了,我仓促地结束了我的访问,告辞出来。

杨先生殷殷定约:"请多来玩,请多指教。"

我感谢地笑了,我在满足之后还有什么可说呢?

是那样一位卓绝的人物,是那样刻苦地工作着,我感于我的笔太拙了,我不能更好地来表达我的感想。

一九三九年六月十五日

(选自《杨秀峰先生访问记》)

马加

萧克将军在马兰
——平西散记

当我到了马兰挺进军司令部的那天,一个从前就熟的朋友发疯一样地扯着我的膀子,把我拉到窗前,并且指给我看司令部前面一座叠成五层的波纹山头。

"你看一看吧,那是百花山!"

我确是看清楚了:山是蛮高的,从山根到山顶通通是结着疙瘩形的水成岩,中间掺和着牛粪色的粗糙土粒,有几片鲜红色的海棠叶子渲染在那里。但,那颜色并不能刺激我的欲望。

"你看!"我的朋友继续说,他快活地溅着唾沫星子。"假如你高兴,爬上百花山头,立刻可以看见北平北面的白塔,你在战地跑了很久,不想看看北平吗?"

我骇然了,他的话激起了我的喜悦和好奇心,我花了两小时的工夫,爬上百花山最高的山尖。可惜那天山上浮着烟雾,我的希望完全浸在浮白色的烟雾之中了。

我疲惫而失望地回到挺进军司令部,我的朋友用他那惊愕的神情在我的脸上扫了两扫,他明白我做了一件愚蠢的事情,惋惜地敲着桌子。

"你没有看见北平的白塔吗?可惜可惜!你为什么不选择好天气去!"他解释说,一团高兴又从他的眼角里露出来。"你要看北平是容易的,把萧克将军的望远镜借来就行了。可是萧克将军的眼力真好呢!他不使用望远镜就能够看见北平。"

递过了介绍信,我在挺进军秘书室等了没有多久,突然从外面走进来一个样子平凡的青年军人,不能用"高矮肥瘦美丑"的抽象名词概括他的意义,没有一种显著的特征惹起别人的注意。他穿了一身淡灰色的军装,裤腿上打了两块补丁(我在前方看见打补丁的裤子还是第一次),那服装和他的朴素性格非常相称。在他那没有胡须的面孔上充满着直爽而诚恳的表情,嘴唇浮着智慧的微笑,一对水晶般的眼球放射着愉快的亮光,表示着高尚的友爱。我没有感觉到他是一个权威的人物(那盛气凌人的火焰熏得你睁不开眼睛)。他是所有同志中间的一个,又像是在一个陌生的环境里碰到了自己的老朋友。

这青年军人是我所景仰的萧克将军,他给我的印象正如在晋北时一样——爽朗而健康。态度还是照旧的沉着与冷静。只是天灵盖像年轮一样的又多画了几条纹,那是新的战斗经验的标志嘛!

他站在桌子的附近,和我紧紧地握手,他握手的姿势比老虎钳子还要夹得紧,

"×同志,你是刚从晋察冀边区来的吗?"

"我是最近和百二十师通过封锁线,从冀中到晋察冀边区。"我说。"从边区又来到平西。"

"那么,这次百二十师在陈庄打了漂亮的歼灭战,你是参加的。"

他愉快地微笑着,他的眼球发出来的光辉显得更亮了,仿佛有一桩更大的快乐触动了他的情感,但是他很理智,他并不像一般神经质兴奋得发抖,他没有过分夸张胜利的效果,平静地问着我有关于战斗的各种问题,我回答他我在战场上所知道的一切,从贺师长亲自指挥一直到水源旅团长的阵亡。

"我们的抗日根据地已经在战斗中巩固起来了!"他扬一扬手背,冷静的面带着一种确信的微笑说:"我们平西抗日根据地也是一样。自从夏季敌人扫荡以来,这个地区一直是平静的。在马兰,我已经看见两个秋天了。"

每次回马兰的时候,我总是看到萧克将军坐在办公室里从容地工

作着,穿着那条打补丁的裤子和一件褪了色的上身制服,脸上保持着愉快的表情,带着一种轻松的姿势翻阅桌子上的文件、杂志、战斗详报、电报。他写着政治论文和文艺作品,他指挥着"平西""平北""冀东"三个地区的游击战争。但是他并不显得疲惫或者匆忙(工作对于他是一种兴奋剂),他用掌握部队的技术来掌握自己的时间。他不做无聊的消遣,不说一句闲话,不吃零嘴。因为帮助思考吃着当地土产的海棠果是例外。他也用海棠果去招待客人,恳挚地让你一次两次,直等到你把手指摸触到海棠果为止。他也能抽出较多的时间去看小说,在他的桌头放着《铁流》《红楼梦》《被开垦的处女地》一类作品,他养成了拿破仑一样的嗜好,在国内战争的时候,他就把《少年维特之烦恼》带在身边。

萧克将军写了一部以国内战争为题材的二十万字的著作,但是他对于自己的作品表示非常的谦逊,慎重地修改,不肯给别人看,他对于《铁流》却称赞不已。

"那是无产阶级斗争的史诗。"

"现在中国缺少一部《铁流》。"我说。

"中国有革命战争,但是没有描写革命战争的切实作品。"他惋惜地说:"描写战争的作品是多的,但是千篇一律,没有变化。比如描写枪声总是用'拍拍'几个字来代替,炮声一定用'轰轰'的字眼,大家全成为习惯了。其实枪声在高处是一种声音,在低处又是一种声音,远近,有没有危险,一个有战斗经验的人全可以从各种不同的声音听出来。"

"在《铁流》里就没有这种毛病。"我补充了一句。

"《铁流》的内容也有不合乎战争要求的地方,从字面上,一般人很难以发现它有什么不真实的地方,"他吃了一枚海棠果,快活地下了结论。"但是它是一部好的艺术作品。"

每次我和他谈话，我都获得了新的内容和新的知识。

有时候，我也看见萧克将军一个人跑到街上来，像一个战士一样快活地走来走去。但是他比一个有教养的战士对待老百姓更要温和些，老百姓看见他也不躲避，仿佛在对待他们所爱戴的亲人一样。因为大家全在马兰生活习惯了。

宋之的

新 生 活
——中国工业合作协会西北区之访问

一、云海

汽车从秦岭山脉的最高峰滑下来的时候，透过山巅的罅隙幻出一片白茫茫的云海。千万顷的流泉喷着白沫，汇成一道巨流在大西北的平原上汹涌着。不见天，不见地，也不见子牙垂钓过的水——是天与地，水与气的糅合。

车越下坠，汹涌着的云海越稀薄，人间的疆界划分得越明显了。到了山脚，便清楚地望见了宝鸡城，和城头上那辽阔而深邃的蔚蓝色的天。

城傍山偎水，是陇海铁路与川陕公路的会合点。一九三八年九月末，从河南、山西特别是湖北，涌来了大量的因为故乡沦陷，又不甘异民族的统治的义民，这些义民靠了县府每月六元的微薄的资助，在大平原的小土坡上搭了席棚，安下灶，使空旷的原野里升起了炊烟，在大自然的云海里糅进了人间的烟火。

大西北的地下是金沙，是石油，是煤与铁的仓库；大西北的山野是森森，是灌木，是狐与虎，以及数不尽的牛羊的故乡；大西北的平原种麦，产麻，更产棉；大西北是最丰富的原料供给地，孕育着千万年工业的根基。但大西北的富源千万年来却静静地躺在地底，不变也不动，冷嘲着人类，也冷嘲着那些野居的义民们。义民们是大冶、阳新、阳泉、井陉等矿内一等的地下开采者；是裕华、申新、汉口第一等厂里最负声誉的纺织名家。他们是资源的主人，精于他们的技术，就像要塞的守军精于射击一样。"手艺人走遍天下"，他们是这样的说。然而在大西北，这走遍天下的手艺人，在最初两个月，却只能靠了每月六元的资助，寂寞地仰望炊烟冷月，忍受着那最富裕的资源所给予他们的最毒辣的嘲笑……

二、一个孤独的旅客

"为了适于抗战的需要，怎样才能把死的资源和活的人类融合起来，使消费者一跃而成为生产者呢？"

一个孤独的旅客卢广绵在宝鸡的车站下了车，想着。

"八一三"的炮声一响，沿海一带的民族工业即使是侥幸不被炮火所毁，也都被迫停歇了，怎么办呢？抗战与生产是不能分离的，工业合作的思想开始袭击着人们的心。

"让工业回她的娘家去吧！"越过无数的山川险阻，热心家搜索着内地那供给丰富原料的母体。而经过若干次的磋商，把这一伟业的总部设在汉口，卢广绵先生便只身向着大西北远征了。

到了目的地，天正下着雨，火车站外的街道是高处暄泥，洼处淌水，虽然怀了这么一个伟大的思想，他也不免为秋季里北方的冷雨所欺，没人注意他，车站上的员工仿佛是客车才停，便一个个又缩回屋子里去了。他艰难地和水与泥斗争着，走到了一个小的旅馆，挂在旅馆门前的那纸糊的灯笼已经被风雨打了几个大洞，连写在灯笼上那"未晚先投宿，鸡鸣早看天"的千古名言，都有些模糊了。

低头进了伙计扬言最干净的房间，坐在炕沿上，这才感到自己是并不孤寂。隐伏在墙角炕缝里的英雄们立刻便比谁都热心地来向他表示亲密了。卢广绵先生一面用手凌乱地在身体各部分拍击着，一面用眼睛透过蚀落的窗户纸，坚定地望着大西北那被浓密的云压低了的天穹。

"到了娘家了，怎么样开始呢？"他思索着。

第二天一早,他便物色了一群打铁的流浪汉。

说是流浪汉,其实是不能和世界上那著名的民族吉卜赛相比拟的。他们工作伴着流浪,大抵是在春初秋末,在家的左近,东一村西一村地奔走着。替农民们修理锄或者锹,间或也打做几把切菜刀和马蹄铁。

当豫北那些僻远的县份失掉了往日的自由,他们便沿着铁路走了千余里,真的流浪起来了。到宝鸡,不晓得是经过商量,还不过是偶然疲倦了,便散居在街市的尽头,叮叮当当的又干起旧营生了。

卢先生找到了他们中间的一个:是个干瘪的老者,紫铜色的脸上生着一双下弯的眉毛,和一双挤在一起的眼睛。眉毛只有稀疏的几根,眼仿佛生来不是为了看什么,乃是为了闭着想什么似的。

"好哇,乡亲!"卢先生招呼着。

叮叮当当,老年的打铁汉机械地挥动着铁锤,让汗珠和火星在发红的铁饼周围交流着。

"歇会儿吧,老乡!打哪儿来呀,老乡?"

老年的打铁汉真的歇下了,用抹布擦着额角的汗,并没有抬起眼睛,只等待着某种业务上的委托。

"日子还过得去吧?"

依旧问着,那老年打铁汉便爽直地谈起来了:"咱们河南啊——"这样开始,便说起自己怎样携了家小,背着吃饭家伙,走千把里地到了宝鸡。"宝鸡这地方,人生地不熟,同行多,营生少,只好将就着过!"老头子又慨叹了自己的衰年,气愤地诅咒着年轻的同乡兼同行之不顾体面:"要是头二十年,在乎过谁,现在……"把"老了"这两个字不自然地哽在咽喉里,便咕噜着自己这点微薄的工作。三个月来,老头子只替小饭馆补过几口锅。

卢先生听着他的话,在恰当的关口表白着自己的同情:"你们应该大家合伙起来干哪!"这样开始,卢先生说明了自己的愿望。看见老头子惶惑地低着头,眯着眼睛,便又解释着:"大家合作,仿佛吃饭吧,就只烧一口锅好了,免得为了煮饭耽误工夫。你呢,也不用再跟小伙子们抢活做。况且人一多,力量就大,大件的活也就可以承当了。"卢先生并没把话题扯得太远,他只是再三地说,抗战以来,大西北有那么多失业的人,那么多资源等待开发。这些人正是这些资源的最合适的开发者,可是要合起来干,因为一个人便什么也不能做!他讲得那么自然而坚定,老头子也不禁感动了。

"那倒也好!"老头子说。

"我们是中国合作协会,只要你们合作,协会可以给你们解决一切困难,可以给你们盖厂,可以借给你们钱!"

"那倒也好!"老头子说,虽然感动,却没抬起头来。卢先生看不见他脸上的表情。阴暗的角落里,只一个孩子闪着惊怪的眼睛。

这样的,卢先生又个别地访问了他的同行。"那倒也好!"他们说,并且约定在第二天,全体打铁的流浪汉在卢先生的小旅馆集合,商量着这个最初的工业合作社的组成。

"一个打铁的工业合作社已经组织起来了!"卢先生非常兴奋,打电报向总会报告着。

"打铁的?什么?"总会的负责人大大的吃惊了。

但在第二天,那些打铁的流浪汉并没在约定的时间来。

"怎么回事呀!你们?"卢先生赶到老头子的席棚,提出了质问。

"约不齐呀!"老头子说,低着头。

"什么?"

"他们说,要想想!"

"想什么,我还是骗子吗?"

老头子为这鲁莽的问话而大大的吃惊了。一面抽动着腮边的肌肉，一面惶惑地睁大那本来闭着的眼睛。

三、工业合作社组织起来了

但卢先生并没有失望，在他的字汇里没有失望。

他一天到晚地跑着，在义民们面前讲演，在大街小巷里贴着标语：

"中国工业合作协会是难民的伙伴！"

"开发西北资源！"

"努力生产！"等等。

访问者居然拥挤在那个鸡鸣小客栈里了。

第一个访问者是印刷工人吴先登。

有着苍白的脸，失神的眼睛，讲话和走路保持着相等的迟钝。显然是因为失业久了，被□帮的生活所苦，在生人面前便感到一种难以启齿的痛苦，胆怯地支持着自己的声音。

开始他吃吃切切地说着，但立刻，在一种温情的鼓励下，便激动地谈论着了。

"那么，你们的同行很多吗？"

"唔！"印刷工人吴先登含糊地答应着，又说到了机器："有机子，也有人。机子闲着，人也闲着，就是这么的！"

"闲下的人多吗？"

"啊，很多，很多！都在西安，不在此地！"

"有现成的机器？"

"西安买得到！"

"需要多少钱呢？"

吴先登大致地估计了一个数目，又议论了一下自己的理想："要有钱买机子，什么都现成的！"便结束了，不安地坐着。

"人工呢?"

"现在这年头,还谈什么人工啊,谁是师父,谁是徒弟,都一样地闲着,只要大家凑在一起,有碗饭吃就行了!"

于是卢先生热切地鼓励着他。他劝吴先登到西安去,打听机器,并且约集同志:"要是人和机子都妥当了的话,你们就可以成立西北印刷合作社,协会可以借给你们三千块钱作为资本!"

吴先登坐在那里,不安更加扩大了。三千块钱的意义庞大地侵扰着他的思想。他那失神的眼睛迅速地亮了一下,又立刻晦暗了。他不能相信眼前这事实,因之也失掉了惊讶。但他也终于和卢先生约定,即日到西安去,犹疑着而且迟钝地离开了屋子。

过了三天,当卢先生正兴高采烈地和另一个访问者谈话的时候,吴先登又迟钝地走进了他的屋子!他费力地和主人招呼过,便沉默着,显然是吟味着自己心里的矛盾。

"什么,你没有走?"

卢先生因为愤怒便开始对他斥责了。对于自己的无信,吴先登并没有分辩。他忍受着卢先生一切的斥责:"你也想骗人吗?"

吴先登的脸更苍白,嘴唇抖着却没有声音,接着便滴下了两颗大的眼泪。最初,还隐忍着,偷偷地用衣袖擦去了痕迹,但到了一切的隐忍都无效的时候,便突然孩子似的哭起来了。

达到了这种局面是很意外的。卢先生默默地望着他,等待着他的安静。

"你怎么的?"卢先生问。

"我的饭都没吃,还哪能……"

卢先生给了他十块钱,当天夜里,他便上了西行的火车。

事情进行得很顺利,人约着了,机器也买妥了。但吴先登却常常还怕这一切落了空,他常常一下子记起什么,便梦吓似的坐起来,摸着机器,看着人。一人和机器仿佛都坚定地等待着自己那刚刚开始的前程。

他没想到毕生还能担负起这么大的责任,因之当机器运到火车站上,而忽然来了警报的时候,他便对同伙们说:"你们躲躲吧,我留下守着它。"他躺在机器旁边,任弹片击伤了自己的脚也不知道疼痛。"这还好,没什么损失!"他指着无恙的机器说,背着人,感动得把自己的眼泪滴在那冰凉的机器上。他爱那些机器甚于自己。

第二个访问者是鞋匠高实干,他后来组织的合作社就叫作实干制鞋合作社。

这是一个结实的汉子,挣扎了半生,到四十五岁还是一个光杆儿。从孩子的时候起就提了篮子在街上卖糖,之后,多年的积累使他获得了一个廉价的照相机。于是卖糖而外,他又兼了街头照相的职业。从那个时候起,对于生活的态度也仿佛胆大起来了,也有了雄心,并且真的进了一个职业补习学校。学校使他约略地认识了几个字,使他成了最有才能的制鞋工人。这个最有才能的制鞋工人流亡到宝鸡的时候,已经一无所有,连必要的制鞋工具也都已典当一空,只一件蓝布大褂还肥大但却孤单地罩在他的身上。

但高实干并不害怕,他全身充满了活力,流亡的生活丝毫也没损害他的健康。他除了手艺,还可以卖糖、卖力,以及其他的各种职业。他正是那些所谓跑江湖的好手。

卢先生立刻认识了他的才能,高实干也立刻熟习了自己的环境。他夸扬着自己过去的奋斗(他很快地便学会了奋斗这字眼),且在协会的会议里声言说:"我们不但要给失业的工人想法子,更应该给无业的工人想法子。"为了实践自己的誓言,便在协会的帮助下,于实干制鞋合作社里附设了制鞋补习学校。

他不仅制鞋,而且也制革。他的出品是市场上最好的,而且也是最便宜的。

第三个访问者是另一种人,他没有留下名字,而在中国工业合作协会西北区的任何文件里也找不到他的名字。只他那三角形的脸还深刻地留在卢先生的脑子里。

在某种场合里,他的访问或许会是愉快的。他优雅然而不免有些谦卑地谈着他自己的工厂。他巧妙地声言那工厂的利息之高,并且断言那厂的停顿是受了战事的影响:"我们怎么合作呢?"他问。

拒绝这样优雅的合作者是非常困难的,卢先生虽然心里嫌厌,嘴里却不得不搜寻着一些委婉的词令,说明协会并不是为了发展私人资本,乃是为了社会的利益,辅助抗战建国而成立的。

"那么,借点钱来吧!"优雅的来客很自然地说,仿佛来了就该占点便宜才走似的。

反感在卢先生心里增强了,他铁青着脸说:"协会并没有钱!"

"你为什么借给那些流氓、骗子、无家无业的要饭花子们呢?"

"我愿意!"

"那是不行的!"优雅的来客说。并且证明着某人其实就是流氓,是先前他厂子里一个最无赖的工人,借钱给他是等于抛在海里的。这优雅的来客想些什么是没人知道的。他也许以为卢某人是个呆子,或者一个挥霍的阔少。他使用着多样的脸色和多样的语言武装着自己,也缠绕卢先生,最后,竟至由优雅、威胁、诈骗、横蛮而降至哀求了:"那么,朋友,我们私人通融,三五块总可以的吧!"

不用说,连这个,卢先生也拒绝了。

"呸!"优雅的来客吐了一口痰在地上,表示着轻蔑,转身走了。

就是这样的,木机子织布,铁机子纺纱,裁缝业、制造药棉纱布的、织毛巾线毡的、制鞋的、印刷的、制袜的、制糖果的,各取所长,各补所短,一百多个合作社组织成功了。最后,连那些犹疑不前的打铁的流浪汉也推了代表,声明着以往的愚蠢,要求着组织了。

四、新的生活

西北的原野一下子活泼起来了。

没有大烟囱,没有机械的噪音,也没有厂主。在自己的同伙里推出了一个叫作理事会主席的,执行着类似厂主的职务。不必担心打骂和罚金,倘有过错,是大伙儿坐在一起,大伙儿来批判。用不着催人性命的汽笛,到了上工的时候,人人都会守着自己的岗位。偷懒和怠工几乎是不可能的,因为那是对自己的不忠,对民族国家的不义,同时又常常在会议里使自己出乖露丑的。

大伙儿是这工厂的主人,也都是厂里的股东,虽然只有五块钱一股,可是人人都有份。厂里人少,心齐,一砖一石,一针一线,都是自己的心血。这种人的谐和较之机械的谐和更有力量。使用惯机械的名手,对于人工的织布机,也不难感到强烈的兴味。一把蒲扇绑在迎面的木轴上,便自然会随了梭的流动,而为劳动者迎面扇着风凉。

"现在我们用手做,将来我们自然用机器!"他们会告诉你。而所谓将来,仿佛是非常确定的就在眼前。

在这原始的窑洞里,他们才真正地感到了"生"。他们现在劳动,不是为了"谁",而是为了"己",他们现在劳动,不仅是为了一张嘴,而是为了全民族。

某工程师曾反复地对人们说:"这是一种新的生活。"

"我们大家都过着一种新的生活,黄土可爱,工人们可爱,我自己也可爱。"他说,并且表达着自己的心情:"我是学电气工程的,已经来了两年,在这里担任技术部的工作。"

"在上海的时候,生活好,收入多,但不知怎么的,常常感到疲倦。心境有时候很阴郁,像黄梅天一样的不开朗。虽然有有学问的朋友,有很多有才能的同事。但我的生活总像缺点什么似的——我孤独而且空虚。"

"本来,我这个人是好动的,我闲不下来。北方有句俗话,叫作穷拾掇。我就是这么的:在家里的时候,一下了班,我就东翻翻,西弄弄,总也拾掇不完,可是有时候自己也想,这一切为了什么呢?"

"到西北来了,和卢先生在一起。大西北的地方,这两年我走了不少,是用两只脚走的。有时候在雨里走,有时候在毒太阳底下走,多走一步,西北对于我就多一层宝贵。一块石头底下会埋着煤,一条流泉里面能藏着金,步步都会使你惊奇。"

"我得老实说,我从来也没感到过自己是这么有用,这样的被人尊敬。我计划着合作社的发展,和工人代表们谈话,样样事都使我觉着兴奋。想想看嘛,因为我的一句话,地下的宝藏和地上的人类会亲密地联结起来,这可是玩的吗?"

"自然穷拾掇的毛病,我还是没有改,我喜欢这个。协会的业务之外,许多社会事业都要我插一脚。盖房子,挖阴沟,修马路,甚至谁家的门坏了我都要去拾掇拾掇。嗬!现在这里已经有洋楼旅舍、银楼、饭馆、大的绸缎店了。都是我来了以后才盖起来的,当时是一片荒凉。"

"我睡得很少,可是并不疲倦。整天讲话、做事、东奔西跑,不论风里雨里,一点儿也不厌烦。我不再感到空虚,也没有'这一切为了什么'的问题,我的工作把这两种心理的障碍给我排除了。我觉得人活着很有趣味,很有趣味。"

"现在我们只感到一个困难,就是经费太少。政府的补助既有限制,实业家又都把眼睛集中了西南。其实西北是比西南更好做的。可惜我的许多同业看惯了海洋的雷雨,便不愿来试试这大西北的干燥。其实这儿才是真正的生活。"

这真正的生活使大家都热烈而兴奋。

织布工人王阿金在一匹布快要完成的时候断了一根线，许是由于懒怠，也许是因为疏忽，或者竟是在大工厂的时代保留下的恶习，总之阿金姐并没有把那条线织起来，就马虎过去了。

于是大家伙儿集在一起的时候，有人提出了：

"阿金姐，那是怎么的，丢大家的人吗？"

"武汉第四织布合作社织出的布有一个洞啊！"

"阿金，你织的什么布，裹脚布吗？"

大家毒辣地笑着，而阿金，虽然极力分辩着，却羞得满脸通红，哭起来了。也怪，这以后，阿金织的布不仅是没有了洞，而且在第二个月还意外地得到了奖励。

奖金的获得，是由协会的指导员、理事会的主席和另一工人代表共同评定的。品评的对象是工作的成绩，品评的标准是"福禄寿"三个字。每一匹布，都由这三个正直的人标出暗号。结果阿金织的每一匹布都是"福"字，所以，阿金——

"这个月的奖金是阿金的！"

听见自己的名字，阿金的心虽跳着，身子却忸怩起来了。她有点儿窘，而大家却笑了。这笑并不毒辣，笑得惬意而且开心。

"什么奖不奖的，该上课了。"她羞得脸通红了，被大家蜂拥着进了课堂。

每天，饭后两小时，是大伙儿读书的时间。在这个时间，大伙儿认字、念书，学习着民族复兴、对日作战的基本理论。有时候也唱歌，也排戏。

五、从消费到生产

工人们不再仰望白云冷月，寂寞失神，不再忍受地下投射的讥笑,也不再领受县府每月六元的津贴。他们有了自己的厂,是将来大西北的主人。他们骄傲地笑着,也唱着。一个月内,他们赶做了四十万件军服、六十万件药棉纱布,运到前方去了。

(原载 1939 年 10 月 21 日–24 日《大公报》)

一九三六年春在太原

一

春被关在城外了。

只有时候,从野外吹来的风,使你嗅到一点春的气息,很细微,很新鲜,很温暖,并且很有生气。在这种感觉里,你可以想到,河许已解冻了,草已经发芽了,桃花也在吐蕊了吧!

但我却出不了城。

一整天,我所看见的,是灰色的墙,灰色的土,和穿着灰色衣裳在街头守望的兵。

我气闷而且窒息。连行动也被强度地限制着了。出城,要通行证;到街上去,要好人证。并且七点钟已经开始戒严了。为了免掉那些灰色同志对你取攻击式,端起枪来,并且对准你的脑袋,我只好一个人关在屋子里。

而我的屋子又恰巧临着街。一整夜,我全听见扳枪机和喊"口令"的声音,这在深夜里特别加重了恐怖的氛围。

二

同事间已经有人戴着"好人证"来上课了。

他们,多半用别针把那证别在前胸上,很像一块招牌。因之休息的时候,大家就开着玩笑:

"禁止招贴!"老吴指着老孙的前胸说。

"零整批发!"老孙回答一句。

"大减价三十天!"

"此处禁止小便!"

大家全哄笑起来。

"好人证"分五类,像花生、鸭梨、瓜子那样的把人也当货色般鉴别。譬如我,因为没铺保,虽说有职业,有乡友保,也只得一个三等货,椭圆形的,勉强允许居留。

至于我的厨子,却是道地的一等货,把正方形的牌子悬在胸前,对我也骄傲起来了。

我和我的厨子竟差了两等。比起他来,我是次一等又次一等的好人——我气闷……

他在厨房里又唱起来了。

"桃花江是美人,美人窝里没有我!"

像说话似的,这一等好人!

我听见他唱这歌已经不止一次了,但这次却异样的刺耳。在那声音里,我辨别出一种对我示威的意味。我应该更正他这坏习惯,一定要。

三

新闻剪辑:

[本报特讯] 昨日下午,有一小贩,行经南门大街,行色张皇,经巡行之警士检查,于帽檐内得铜圆一小枚,查系匪探标记,乃送军法会审处严惩云。

这几天,检查行人似乎特别严了。那检查方法不免使我们时刻担着心。帽子里夹着纸,或是口袋里放一个铜圆的全是匪的标记。这结果是使人无论什么也要留点神。

大原的事,是素有"不彻底"的称谓的。譬如禁烟吧,不准吸鸦片,却准卖药饼。禁与不禁,只在一个名称。鸦片一名之曰药饼,就可以公开发售，被视为良丹妙药了。

但这次的禁书，却似乎是非常彻底的。在公安局公布的禁书目录中，不仅仅是张××、章××那些三角形的五等货遭了殃，就连李阿毛博士也凑了数。凡白纸上写黑字的，大概是全有些危险的嫌疑吧！

我的厨子在他那好人证上，又有了新的花样了。

把四方形的好人证镶了边，且蒙了一层绿色玻璃纸悬在胸前，就更显得与众不同。因之，在把饭端给我的时候，就特别在我面前停留了一小会儿，那意思，我很知道的。

四

新闻剪辑：

〔本报特讯〕我军第×××团，约一千五百人，于十九日夜，在灵石山侧驻扎。深夜中突闻集合号声，呜咽响起，军士不察，乃往吹号地点作紧急集合，不意竟被匪军包围，全部缴械。我团长×××，见势不妙，遂自决身死。匪约一二百人，吹我军之集合号，预设狡计。其狡诈恶毒，有如此者。

我特别怀念着春。倒也想去领通行证了。我需要疏散，整天关在屋子里，望着院内扬着沙尘，所有的思想和情感全麻木了。

今天下课，我便把好人证仔细地别在左衣角上，用上衣的口袋做掩护，朝柳巷出发了。我预备去拍一个二寸照片，缴到区里转公安局去领通行证。

但那结果却不大好。才走到路口，一个灰衣的同志便截住了我，并且端着枪，像就要射击似的。

"站住！"

"怎么？"

"好人证呢？"

我默默地把那椭圆形的牌子从口袋里请出来,他便沉下了脸:

"以后不准放在衣袋里!"

染着一种浓烈的受了侮辱的感情,我却默默地走开了。

"天光""科达",所有照相馆的门前,全拖了一长串的人,拥挤着,像等候着买火车票似的,一个挨一个。以致我却不能挤进照相馆的门。

原来这些人也全是领通行证的。因为是公费照相,所以就特别拥挤。甚至有的人情愿在门前停留一整天,并且受着照相师的叱骂,也很高兴。

但我却被摒弃了。

路口的纸烟店虽然也竖着一块"领通行证登记处"的红纸招牌,像本店代理发行那样的,我却没有去登记。我是只在街上徘徊。

非常地疲倦,非常非常地疲倦……

五

新闻剪辑:

〔本报特讯〕汾阳来客谈,汾阳西郊××村,有娶亲者。当花轿进门时,迎亲亲友均拥集呼唱,并大放爆竹。恰有一飞往前方之飞机由此经过,居高临下,窥望不真,以为有匪来扰,乃掷炸弹数枚,结果伤亡数十口,状甚凄凉云。

好几天没开展览会了。

我的厨子突然跑来告诉我——他知道很多事,很多很多的事——今天又要杀人了。一共九个,其中四个是女学生。

不一会儿,他就跑得无影无踪了。那时间正是下午一点钟,我想他大概是凭了他那一等好人的资格,到街道上去探望去了吧!

我奇怪着这风俗,同时想起了旧小说里一些劫杀场的描写。

正是那里的描写，现在又复活在太原市上。

一说杀人，很多老太婆、小孩子、年轻的媳妇，以及有闲的男人，便从早晨起守在街头了。人很多，有的且特别穿了新衣服，打扮得花团锦簇，像参与盛会那样的，等待着囚车。除了这些特定的守候人以外，囚车后面，随了军号的嘀嗒声，还拥挤着很多人。

英雄们劫夺杀场能够改装为变戏法的、卖艺的等等，停留在人丛中，据此看来，倒有些逼真了。

这杀人展览的风气，是颇使人感到一种狰狞的恐怖味道的。

和这"杀人展览"相对照的，还有一种奖励告发的条例，也是很容易激动存心厚道的人的悲愤的。

凡告发者，立赏法币一百元。一百元且是法币，自可诱导许多人来上钩。但钩来钩去却发现了如下的一则新闻：

〔本报特讯〕山大被传学生×××等七人，已于昨日讯明释放。缘山大有校役刘×者，惑于赏洋之厚，遂诬栽该生等有××嫌疑，因以被传，经军法会审处严厉审讯之下，知刘×告发之情形全属子虚，该生等已于昨日出狱云。

接着这新闻，是在临时公布的死刑十二条之外，又添了一条："告发人倘有诬栽等情事者，立即枪毙。"

但我想这已经迟了。在许多杀的展览会下，就难免没有个把冤枉吧！至少，那七个学生的被毒打，是很使我们毛骨悚然了！

但今天我的厨子却空跑了一趟，那有几个女学生要被杀头等等原来全是谣言，他仿佛是十分气愤的又在厨房里自言自语了。

六

新闻剪辑：

〔本报特讯〕昨日距城三十里之西山土窑内，发生一大惨剧。缘近日流言所播，草木皆兵，西山居民恐遭匪扰，均避于一土窑内，该窑年久失修，忽然坍毁，当场压死百姓七人，伤十一人，厥状极惨。

"流言所播，草木皆兵"，这实在是太原市上最真实的写照，报纸上即天天在吹散着触人心魄的新闻，人嘴里又传说着一些怪奇，但多半是恐怖的消息。在这样的时候，也难怪正太车站上有人满之患，有钱的人纷纷离省了。

不过倘把这般消息和娶亲被炸那一段对照起来，就难免要使人发生一种猜想。土窑既可避难，想来也就有些坚实，断不会刹那间就突然坍毁。其所以突然坍毁的原因，也说不定又是"窥望不真"之所赐了。

可是城里这几天的恐怖空气却也真使人嗅到死味了。谣言像火一样燃烧着，人们全彼此警戒着躲起来了。

时夜六点钟就戒了严。不仅是路上断绝了行人，并且有大批军警出动，据说是飞机场那儿出了事，有十几个带手枪的探子被擒获了。

这消息使得全城都战栗着，连太阳似乎也变了颜色了。

幸亏这样，我的厨子算是一天没出门，只寂寞地在厨房里唱他那"美人窝里没有我"，不然，他也许又顺脚去到海子边，炫耀他那一等好人证去了。

七

今天到学校里去，才听说那在飞机场被擒获的十几个人，原来却是到陕西去的教育考察团团员。这才大家全放了心。

但我的厨子却又不知在什么时候出走了。吃早饭没回来，晚上下了课还没有回来。

我带着极度的诅咒和憎嫌,下了最后的决心,心里想:"还是让他滚蛋吧,带着他的一等好人证!"

八

非常的意外,意外得使我惊愕了。

那厨子,到今天早晨我才知道,被抓到公安局去了。并且还罚了五块钱。

为了说明这事,我特别剪下一段报,贴在下面:

"……绥署昨日公布:佩戴好人证,一、不准污毁,二、不准罩以任何布面或纸面,三、不得遗失,四、不得私授匪类。倘犯一二两款,处百元以下罚金,犯三四两款,处五百元以上罚金或死刑……"

我的厨子就在这条例下被捉将进去,回来的时候,好人证上已没有玻璃纸,并且背又佝偻起来了。

——我是多么的怀念春啊!

(原载 1936 年 9 月 20 日《中流》创刊号)

孙犁

采蒲台的苇

我到了白洋淀,第一个印象是水养活了苇草,人们依靠苇生活。这里到处是苇,人和苇结合得是那么紧。人好像寄生在苇里的鸟儿,整天不停地在苇里穿来穿去。

我渐渐知道,苇也因为性质的软硬、坚固和脆弱,各有各的用途。其中,大白皮和大头栽因为色白、高大,多用来织小花边的炕席;正草因为有骨性,则多用来铺房、填房碱;白毛子只有漂亮的外形,却只能当柴烧;假皮织篮捉鱼用。

我来得早,淀里的凌还没有完全融化。苇子的根还埋在冰冷的泥里,看不见大苇形成的海。我走在淀边上,想象假如是五月,那会是苇的世界。

在村里是一垛垛打下来的苇,它们柔顺地在妇女们的手里翻动。远处的炮声还不断传来,人民的创伤并没有完全平复。关于苇塘,就不只是一种风景,它充满火药的气息,和无数英雄的血液的记忆。如果单纯是苇,如果单纯是好看,那就不成为冀中的名胜。

这里的英雄事迹很多,不能一一记述。每一片苇塘都有英雄的传说。敌人的炮火曾经摧残它们,它们无数次被火烧光,人民的血液保持了它们的清白。

最好的苇出在采蒲台。一次,在采蒲台,十几个干部和全村男女被敌人包围。那是冬天,人们被围在冰上,面对着等待收割的大苇塘。

敌人要搜。干部们有的带着枪,认为是最后战斗流血的时候到来了。妇女们却偷偷地把怀里的孩子递过去,告诉他们把枪支插在孩子的裤裆里。搜查的时候,干部又顺手把孩子递给女人。十二个女人不约而同地这样做了。仇恨是一个,爱是一个,智慧是一个。

枪掩护过去了,闯过了一关。这时,一个四十多岁的人从苇塘打苇回来,被敌人捉住。敌人问他:"你是八路?""不是!""你村里有干部?""没有!"敌人砍断他半边脖子,又问:"你的八路?"他歪着头,血流在胸膛上,说:"不是!""你村的八路大大的!""没有!"

妇女们忍不住,她们一齐沙着嗓子喊:"没有!没有!"

敌人杀死他,他倒在冰上。血冻结了,血是坚定的,死是刚强!

"没有!没有!"

这声音将永远响在苇塘附近,永远响在白洋淀人民的耳朵旁边,甚至应该一代代传给我们的子孙。永远记住这两句简短有力的话吧!

一九四七年三月

天　灯

往常过新年时候，我们村里只是西头财主家有一个天灯，穷人家只能在地皮上点些香蜡修福，就是迷信也分了等级。在我的印象里，天灯和财主是分不开的。

今年正月，一天晚上我到街上游玩，西头财主家的天灯不见了。却看见东头立起一个天灯，真是高与天齐，闪亮的灯光同新月和星斗争辉。灯笼纸上，用红纸剪贴着四个大字："穷人翻身！"那简直是一面鲜明的旗帜，一声有力的召唤。我问：

"那是谁家的天灯？"

街上的孩子们说：

"是小五家的！"

"啊，小五家的！"在我记忆里，小五是我们村里顶穷困的人，是长年借住祠堂的人。

我奔着天灯走到了他的家，是土地改革分得的房子。小五已经老了，穿着新棉袍，很有礼貌地把我迎进屋里。

他放下红油炕桌，又摆了茶点。一个穿着整整齐齐的青年妇女，撩门帘进来，怀里抱着一个孩子，孩子身上披着红斗篷。她和我说话，我一时却认不出是谁来。还是小五说：

"你不认得她了？就是俺家四妮呀！"

哪，原来是四妮，我小时的同伴。那时她穿得那么破烂，又瘦又小，现在出挑成了这样一个仪态大方、丰满健壮的人。

我庆贺他们的生活变得这样富裕。四妮说：

"这房子是斗争来的，吃穿主要是靠全家生产！"

说到天灯上，四妮说："爹是老脑筋，立天灯怕人家笑话。我说，他们笑话什么！我们的生活变好了，是靠自己劳动；我们的地收回来了，是靠自己斗争。我们翻身了，应该叫远近的人们知道，我们为什么不立一个天灯？"

她大声地说着，夹着爽朗的笑。使我立时觉到：如果那天灯是穷人翻身的标志，她的话语就是人民胜利的宣言！

一九四七年二月

相　片

　　正月里我常替抗属写信。那些青年妇女们总是在口袋里带来一个信封、两张信纸。如果她们是有孩子的，就拿在孩子的手里。信封信纸使起来并不方便，多半是她们剪鞋样或是糊窗户剩下来的纸，亲手折叠成的。可是她们看得非常珍贵，非叫我使这个写不可。

　　这是因为觉得只有这样，才真正完全地表达了她们的心意。

　　那天，一个远房嫂子来叫我写信给她的丈夫。信封信纸以外，还有一个小小的相片。

　　这是她的照片，可是一张旧的、残破了的照片。照片上的光线那么暗，在一旁还有半个"验讫"字样的戳记。我看了看照片，又望了望她，为什么这样一个活泼好笑的人，照出相来，竟这么呆板阴沉？我说：

　　"这相片照得不像！"

　　她斜坐在炕沿上笑着说：

　　"比我年轻？那是我二十一岁上照的！"

　　"不是年轻，是比你现在还老！"

　　"你是说哭丧着脸？"她嘻嘻地笑了，"那是敌人在的时候照的，心里害怕得不行，哪里还顾得笑！那时候，几千几万的人都照了相，在那些相片里拣不出有笑模样的来！"

　　她这是从敌人的"良民证"上撕下来的相片。敌人败退了，老百姓焚毁了代表一个艰难时代的良民证，为了忌讳，撕下了自己的照片。

　　"可是，"我好奇地问，"你不会另照一个给他寄去吗？"

　　"就给他寄这个去！"她郑重地说，"叫他看一看，有敌人在，我们在家里受的什么苦楚,是什么容影!你看这里!"

她过来指着相片角上的一点儿白光:"这是敌人的刺刀,我们哆里哆嗦在那里照相,他们站在后面拿枪刺逼着哩!"

"叫他看看这个!"她退回去,又抬高声音说,"叫他坚决勇敢地打仗,保护着老百姓,打退蒋介石的进攻,那样受苦受难的日子再也不要来了!现在自由幸福的生活,永远过下去吧!"

这就是一个青年妇女,在新年正月,给她那在前方炮火里打仗的丈夫的信的主要内容。如果人类的德性能够比较,我觉得只有这种崇高的心意,才能和那为人民的战士的英雄气概相当。

一九四七年二月

萧
军

君 道 章
——弹今吹古录

"君"解：这里所谈的"君"，固然包括了早先的"皇帝"和"诸侯"，也包括了现世所谓的"总统""主席""元首"之类，凡当人之国，掂其政事的头儿们皆是。

一、谁对不起谁？

凡一般谈中国历史的人，全要从三皇五帝说起。至于这皇与帝是否真有其人，是一个人还是若干人，谁算正统的"三皇"，谁又是老牌的"五帝"，后人把一些取火、画八卦、种庄稼等等伟大的功劳，全上在了他们的"功劳簿"上对不对？从有史几千年起，一直到现在，好像还没有一个真正的"鉴定"。当然我也没有本领来做这样伟大的鉴定，而且也不准备做。因为这不独对我们没多大关系，即使那些"皇"或"帝"真的复活起来，大概也不会像现在我们这类人，为了争"正统""版权""发明权"……去请律师打起官司来的吧？

闲话不多说了吧，有一个道理却是我们应该懂得的，就是：从古至今，凡是真正老百姓自己选出来的"君"以及他们所追念的"君"，他们一定要给老百姓或多或少干过一点有好处的事情。比方像燧人氏为民取火；庖牺氏创造文字；神农氏教民种庄稼、结网打鱼等等。据说连轩辕黄帝的太太——嫘祖——还创造了一种织布的方法，使人民不再一年四季围树叶和兽皮了。黄帝除开他一些军事和服制上的成就，还创造了比较进步的"建筑学"，使人们懂得了盖房子住，不再蹲在树上和藏在潮湿的土窟窿里过生活；夏禹为了替人民治水,不独自己的老子鲧被杀了不怨,甚至于"三过家门而不入"以及把自己的两条腿全弄成了残废等等美行!像这样的"君",老百姓又怎能不敬爱他们,服从他们,他们死后,老百姓甚至于还告诉自己的子子孙孙世世代代怀念他们,尊之以神位,享之以祭祀呢?后来一遇见了混蛋的"君"时,他们就要痛哭流涕想起先前的"君"来呢?这是应该的。就连如后来像刘邦和朱洪武那派流氓的"君",只因为他们一时曾宣布过"除秦苛法"和把元朝的蒙古人从中国赶出去,客观上替老百姓做了一点好事——暂时的生存和温饱,老百姓也还不愿为了他们别的方面"缺德",而抹杀这一点好处。由此可知,从古至今,老百姓才是真正讲公道和良心的人。甚至于这些"君"们的子孙对老百姓百般残杀暴虐,老百姓也还是常常念着"先君之德",不肯一下子就请他们滚蛋。除非到了实在不能忍受了的时候,还是愿意尊他们为"君"的。由此也可推知,从古以来,也只有那些"君"先自己丧失了"公道",抹杀了"天良",使老百姓不得不"反"以外,可以百分之二百地说,老百姓绝没有丝毫对不起这些"君"的地方。甚至有时全"公道"和"良心"得太过火了——成了罪过!

二、一滴滴多余的露水!

先哲们说过,人类和其他动物是有区别的,第一是我们能够制造生产工具;其次是具有高度组织的能力;再其次是懂得人类的"伦常"。因此从有动物历史以来,别的动物或者灭种了,或者仍停留于近似"原始状态",唯独人能够生存下来,而且一天比一天增多,一天比一天和一般动物在生活上区别得更鲜明,因此也就成了"万物灵长"。这是值得我们夸耀和愉快的大事!也是应该感谢我们那从猴子群队中,第一个敢于站起来用脚走路,和第一个用骨角或石头制造标枪用以打猎的祖宗。因为他们为自己的子孙打开了第一道生存、温饱、发展的"窄门"。其次他们又指出了人类应该如何互助，如何分工，如何组织起来，又应该如何彼此尊重对方的"生存权"，不应该像一般动物那样下贱，为了一块骨头彼此撕咬得肠断血流……而要提高自己，发展群性，不再归回到一般动物那种可悲的无望的生活。这又是应该感激我们的祖宗的地方。可是人类终究是动物的一种，一面他们是或多或少接受了这动物进步的一方面——走向"人"的境界；另一面，那下贱的动物性也还是或多或少地保存着。于是当他们接受了人类那些可宝贵的遗产——生产、战斗的知识和技能；再为了一种社会分工偶然的机会——得为族长或君，这动物的下贱性就开始显露出来了。为了扩大、发展"自己"和自己亲族的生存、温饱、发展的"权利"，就利用了那些生产、战斗的知识和技能，像一只狼似的，来剥夺别人应得的生存、温饱、发展的权利了，所以说，人类的历史篇页——人对自然，人对人——就是一连串为自己的生存、温饱、发展，用了战斗的血而写下来的，并不为过。而这战斗也还正在大量进行着。古之所谓"残民以逞"的暴君，以及现世的"独裁主义"者们，就是这类下贱的、极端兽性主义表现的高度的典型一例。

在中国，一提到好"君"，人们便会想到那些"五帝""三皇"。提到坏"君"，也就忘不了这一连串：夏桀、殷纣、秦始皇、隋炀帝，以至于满清末季那个卑贱无耻的老"慈禧"，还有那个称"君"三月的袁世凯！

如今我们从历史现实基础的观点上去看那些"君"们，也许当时他们会对整个历史发展客观方面，有过一点——仅一点好处，但在他们的主观愿望上却绝不是"为了人民"的。这只是大雹雨过后留在田苗上的一滴滴多余的露水！所生者是不能与所杀者来比较的。

三、爬虫的子孙

若说前面所举的那些好"君"，是能够遵从着老百姓的意愿，把人类和自己一同从动物境界引向"人"的境界；而那些坏"君"，却要企图把自己和人民又倒引回来，归复于一般动物的境界了。虽然他们自己物质生活一切享受上要过"人式"的，甚至要超过"人式"的若干倍，而他们的剥夺别人"生存权"的行为和居心却是专横、残忍、下贱、无耻……要超过那些原始的动物若干倍。因为他们从人类祖先那里承继来的知识和技能，竟变成了他们为恶的工具了。他们这种要回归到"动物界"的心理，从那自称为"天子"，或是"龙子""龙孙"的优越感，就是一种表征。这一方面固然是要"借以吓人"；另一方面也正说明他们自己也不愿列于"人类"。因为"人"这种称呼，对一般动物说，该是最光荣最美好的称号了，而他们偏要把自己算为"私生子"以至降低到算为"爬虫"的子孙，这是一种人类尊严的堕落！后来一些撒谎的历史学家臣，还要捏造一些"君"是爬虫或私生子的"证据"和故事——"履大人之迹""吞食鸟卵""隆准龙颜"等类。一则以媚其主；一则以证明这类"君"固非人类的子孙。想不到阿Q精神的根源，竟有了这样长久的历史！

四、"人而不仁，如'誓'何？"

不用说，人类要举行一件较大的事业——战争或生产，一定得"组织起来"。这办法也是我们的祖宗遗给子孙们的第二件法宝。因为一组织起来，总要有一个总管其事或领头带路的角色；为了使共同的目的进行顺利，于是就分工，就要推举出一个"头儿"来了。这也就是一切"君"的起源。在起始，人们选这"头儿"是很慎重、很认真的。第一，这被选举的"头儿"一定要是自己中间的一个，利害与共；其次，他一定要有可靠的历史经验和办事的能力；再其次是要"大公无私"无限忠心……人们才肯选举他，把大权交给他，甚至于连自己的生命全信托给他。但是如果一旦发觉这"头儿"在事业推行过程中有了毛病，或是方法不对，能力不够，以至于"假公济私"，甚至"私通敌国"，变为"内奸"的时候，人们也就——而且应该严肃、认真地要请他下台，或者杀掉他，另选别人。因此在早先那些被选作"头儿"和选"头儿"的人，总要立誓，甚至"歃血"。这就是说，不管是哪方违背这"誓"的，就应该按照"誓"里所规定的条款惩罚他或杀掉他。在《尚书》里面有一篇《泰誓》，据说就是周武王伐纣时和举他做"头儿"的那些诸侯们立下的誓言，其中有几句：

"尔其孜孜，奉予一人，恭行天罚。

古人有言曰：'抚我则后，虐我则仇'。

…………

予克受，非予武，非朕文考无罪；受克予，非朕文考有罪，惟予小子无良。"——《泰誓》第三。

译成现代语就是：

"你们大家劝我，又选举我做了头儿，去伐纣。

古人说过'能够安抚我们的就是好头儿；虐杀我们的就是仇敌。'

我克服了纣，并非我的本领大，是因为我的老子没有做过什么缺德的事；纣王若打败了我，这是我自己不好，也不该埋怨我的老子……"

最后在《牧誓》的结尾中，竟严厉到这样程度：

"勖哉夫子，尔所弗勖，其于尔躬有戮！"

这就是说，你们既然立了誓，就好好干吧，不好好干就杀头了。

这誓文里虽然没有明提到这"头儿"如果违背了誓文，如"中途摇动"或表面打着"伐纣"的大旗却偷偷摸摸和敌方勾搭,讲利己的条件;先让别家诸侯的军队向前,自己却想保存实力;胜则居功而王天下,败则守己以霸邻国,以及"食言而肥"……如果武王有这样下作、流氓、市侩式的居心和行为,那么,我想那八百诸侯不独不会再拥他做"头儿",恐怕在没有灭纣以前,也就先把他干掉了。还好,武王究竟是武王,还没干出这类辱祖宗、丧人格等类的小丈夫行为来。

这立"誓"的形式也还保留到现在。据说某些当人国者的"头儿"们也还在常常利用它,不过已经是一代不如一代,成了江湖上卖狗皮膏药撒谎的"流口歌"了!这里套用一句孔夫子的话吧:

"人而不仁,如'誓'何?"

五、可以知所勉矣!

因为弟子"宰予"白天睡觉,就引起了孔夫子这样的牢骚:

"……始吾于人也,听其言而信其行;今吾于人也,听其言而观其行……"

这一定是宰予这人平常尽说漂亮话,结果被夫子发现了。这小子原来是个骗子、懒蛋。从此,我们也可以拿这来衡量一切人,一切国,以至于一切当人之国的"头儿"们了吧?这叫作"考验"!

从古以来,有哪个"君"自称是混蛋的呢?夏桀、殷纣固不必说,就连秦始皇、隋炀帝也全是自以为——注意"自以为"——是"为民造福"的"圣君"。这我们就不能仅是"听其言"而不"观其行"了。至于这两位"君"的行,在这里也不用多说,多少有一点中国历史常识的人,大约全知道。

因为时代不同,于是历代那些好"君"和坏"君"的利民和虐民的方式和方法也就不同;"为人民"和"为自己"的方式和方法当然也就有了不同。如今我们称我们的时代为"科学时代",于是一些方式也就要"科学化"。像纣王那种玩酒池肉林的原始方式固然没人干了,就连像隋炀帝"龙舟游江南"这种浅薄行乐,人们也不再感兴趣。即使游游世界或名胜,至多也不过坐坐特制的飞机或花车而已。龙舟是不用了。有了钱大概也不再修"鹿台"或是造"万里长城",而要变成黄金存到外国可靠的银行里去。从这一点改变来说,人确是有可惊的进步,更是那些当人之国、"残民自肥"的"头儿"们。至于"虐民"和"为自己"权利打算的办法,那就更进步得可惊!不独供奉祖宗,标榜主义,组织集团,逢年过节发宣言,有时还要痛哭流涕轻轻地"罪己"一番,以示"忠"于民,而证明自己可为"头儿"。另一面当然是富贵亲戚,封荫夫人,提拔世子……此之所谓"司马氏之心",有眼皆见,姑不多谈。今之民也亦不比古之民也,他们不幸被这些"头儿"们的聪明从另一面也感染得聪明起来了——也懂得了科学!

杀人不见血;虐民不见迹;肥己不露赃;贪权不示暴;巧已!而其杀、其虐、其肥己、其贪权……固自在也;矧其"血"、其"迹"、其"暴"……固未全泯,而正殷殷、昭昭、累累、虎虎……彰彰其在民之耳目云乎哉!

《泰誓》有云:

"天视自我民视;天听自我民听;百姓有过,在予一人。"

又云:

"抚我则后,虐我则仇。"

今之当人国者,"死几百列"地要为百姓"头儿"的人等,并且要追法古圣的人等,可以知所勉矣!

(原载1946年4月《北方文化》)

王
林

微　　笑

　　紧张的一天，战斗的一天过去了。这一天在我的记忆里留下了什么印象呢？琐碎的事务随着日落黯然无光了，只有一种胜利的微笑——敌后抗日根据地人民对于战胜日寇充满了信心的微笑，仍然在我的脑子里放光。

　　早上，我在北岳区山岳根据地的一个沙滩里，看见一列骡子拉的铁架、铁轮子大车，满载着粮食口袋往深山里走。我忽然觉得这种铁架子、铁轮子骡拉车很特别，就问同行的老刘同志说："这是一种什么车呢，我怎很少见过？"老刘同志毫不犹疑地回答说："山沟里尽是这种车，有什么奇怪！"我不大相信，追上赶车的问。赶车的抽个响鞭，微笑着回答道："得的日本的！"我这才恍然想起了那种铁车是用日寇的炮车改造的。冀中平原根据地的部队也缴获过敌人这种炮车，只是因为敌我"扫荡"和反"扫荡"频繁，八路军带着打游击不方便，老百姓也怕"招祸"，就都坚壁起来了。

　　运粮的铁车轧轧地驶向深山里去了。可是赶车的笑容——一提他赶的大车是缴获的日寇的战利品时，而浮在他脸上的笑容，始终活跃在我的脑子里了。

　　队伍行进着，逐渐接近京汉铁路封锁线了，也就到了敌伪据点和岗楼林立的所谓游击区了。村村的墙壁上写着敌伪的标语——某某"爱护村"。我们的队伍照旧像在山岳根据地里一样前进着。但是，每个人都不由自主地紧张起来，准备随时可能到来的战斗。路上的群众也像老根据地的农民一样，见了八路军就按俗礼让路，知道军队行动保密，也不问"到哪儿去啊？"，只是默默不语地微笑着各奔前程。可是一看见行列里有缴获敌人的洋马，就赶忙站住脚看，并且热情地向伙伴打招呼:"看,洋马!"脸上自然流露出一种胜利的微笑。

傍午,从香炉似的沙河滩上转进一个有树林阴凉的村庄里,按指挥员指定的区域找房子休息和打尖。这地方距离平汉铁路封锁线更近了,不远处还有敌人的核心据点和高大的岗楼。饭后我不放心,到指挥部去打听敌情,带队的徐达本主任正跟一个蒙古人面型的某主力兵团的政委谈今晚穿过封锁线的部署。这个蒙古人面型的政委,微笑着指着铺在小饭桌上的地图,说这个据点有多少鬼子,那个岗楼有多少伪军,这个村庄的群众条件如何,那条道路的地形怎样,熟悉得真是如同谈论自己的手指头。他的详细部署,我没有详细考虑,可是,他那蒙古人面型的脸上的微笑,却使我对于今夜晚的行动,一直对于抗日的最后胜利,都充满了信心。

夜晚,我们到了日寇控制华北的大动脉——平汉铁路线上。平汉铁路的两侧有两丈多深、两丈多宽的封锁沟。铁路线上,岗楼和据点都可以构成交叉火力网。天一黑,敌伪又逼着抓来的民夫沿铁路线布成链锁岗哨,手里递着牌子,嘴里吆喝着向岗楼上"报太平"。有一处停止了吆喝声,敌人就认为是有了八路军破路,岗楼上的火力就要向那里集中射击。可是,我们穿过这条毒蛇似的敌人大动脉时,铁路两旁的封锁沟已经填平成广阔的平坦的大道口。大道口上有东来的,也有西去的,形成几十路的穿便衣和穿军装的纵队。那热闹劲儿真是赛过白日的集市。西去的身上都背着山地军民所迫切需要的食粮和布匹。东来的多半空着手,嘴里吃着山地的特产——红柿子和黑枣。我们回铁路东来的队伍,一进入封锁沟上的大道口,就跟运粮、运布归来的民兵和自卫队的行列,会合在一起了。我们迈过铁轨的时候,被迫为敌人"站岗放哨"的民夫,照旧不慌不忙地递牌和吆喝。岗楼里的敌伪军哨兵在楼顶上哼哼着小调,还正享受"太平福"。我们跟运粮、运布西去的群众交臂而过的当儿,我们都不由自主地流露出胜利的微笑,并且互相递个愉快的笑脸。

我们胜利地、默默地穿过了日寇用重兵控制着的平汉铁路封锁线,我们又回到了可爱的冀中平原根据地。在公鸡报晓的交响乐中,我们走到了预定的宿营地。当我们叫开老百姓家的大门借宿时,房东大娘、大伯一见我们的模样就知道我们是刚从铁路西过来的,立刻微笑着说:"同志们辛苦啦!"

微笑,胜利的微笑,英雄的微笑,互相鼓励、互相慰问的微笑,对于战胜日寇的具有高度民族自尊心、自信心的微笑,在战斗中,在夜间悄悄行军中,在日常生活中,我经常看到,而且留下永恒的印象。我相信我们也要用这种微笑迎接我们最后的胜利。

一九四一年五月二十八日

(原载《冀中一日》第四期)

一个美的矛盾

一九四三年秋末,我转移到沙河沿上,住在一个漏干粉的堡垒户家里。堡垒户的主人是个村干部,他的母亲并不进步,在道门,见天跪三回香。屋子潮湿,院子狭小,又赶上连阴天。房东老太太不跪香祷告就向我诅咒儿媳妇不孝顺。她儿子做着买卖还在村里办公,成天不回来。可把我闷煞了!幸而后来有个十五六岁的高小女学生常找房东的女孩来玩,才算稍微打破了要命的寂寞。

这个高小生也不知道怎么听说了我做过文艺工作,于是故意到我窗户台外边哼哼抗日歌曲,或者在和房东女孩闹着玩的时候表演几个舞蹈步法。可是我叫她正式跳跳舞唱唱歌,她又说:"我不会唱歌,我更不知道什么叫舞蹈,请你领导我们!"后来熟些了,她却自己道白出来,"五一大扫荡"前,县里挑选上延安受训的儿童,要聪明的、伶俐的、活泼的,校长一定叫她去,可是母亲舍不得她。

她天真活泼,而且非常反对迷信。每逢老太太跪香时,她便在一旁向我努嘴挤眉,用手指头偷偷突打她,嘲笑她。这位老太太平时一举一动总是拄着拐棍,还直哼哼,的确是很老了,头发全白了,牙齿也快要脱落完了,但是连阴的秋雨刚晴,正赶上她们道门的什么斋日,她就要步行十二三里去吃斋。这一天早晨,她老早就换上新衣裳,也不再拄拐棍,去掉了平日里愁苦的表情,微笑着还直说:"你看给的这天,老天爷早知道今儿个是什么日子!"便同另外几个老婆满面春风地走了。

这个高小生更得了嘲笑人的好材料,没等老太太走出大门,就努嘴向我示意了:

"你看看,平常日子干一点活儿,就拄着拐棍哼哼。这个,这个,

也不说老了，走不动了！"

第二天天晴得更好。老太太昨天吃了斋，今天情绪好，坐在院里纺起线来。村剧团的这个女孩子正向我叙述她们的学校剧团，以及民主大选举突击周时候的宣传队的故事（熟了什么也肯说了），房东在房上晒干粉，忽然往东一发怔，立刻弯腰向我警告道：

"老王，准备，辛村人往外跑呢！"

辛村离这里不过半里地，一跑就到。我有些紧张了。

"不好，看见马了！"房东同志又在房上嚷道，"可是，沉住气！"

他尽管报警而不下来，手里仍在晾干粉。我挺着急，然而不知道洞口在哪里。高小生女孩子大概不知道这里有"地下工事"，一朵鲜花似的脸蛋立刻变成雪白，两颗亮晶晶的眼珠发直地望着我，好像问我："这可怎么办？"

老太太突然向这个女孩子提示说："赶快烧炷香吧！烧炷香就止住他们了！"

这个女孩子也不假思索，立刻跳入房里跪在佛桌面前，划火柴点香。可是双手哆嗦得划不着火，最后急得抓住五六根一下划，才划着点着了香。把香插在香炉里，双膝跪下恭恭敬敬地合掌作揖叩头，熟练得活像个成年烧香磕头的老太太一样，口中并且诅咒道："鬼子死净了吧，可别来这里！"

立起来之后，好像一切问题都得到解决，好像迫在眉睫的危险已经摆脱，心平气和的，虽然还有一些儿喘，脸蛋上的一朵玫瑰花又开了，愉快地向我投了个微笑。

我也不自觉地回答了个感激的微笑，而且哄小孩似的说道："行啦，就凭你这一下，什么危险也不会有了。"

巴尔扎克有一篇小说《无神论者的弥撒》，描写一个坚决的无神论者成天写文章反对别人迷信，而自己却为了纪念一个朋友，每礼拜日偷偷到教堂里做弥撒。这个小女孩是无神论者，为了同情一个革命工作人员，在惊慌失措的当儿也做出了和自己素日的思想感情完全相矛盾的行为来，使我体会到了巴尔扎克对于那个自相矛盾的无神论者的深厚同情，而对于这个小女孩则留下了永恒的印象。

一九四四年二月

（原载 1946 年 4 月 1 日《冀中导报》）

魏

巍

雁宿崖战斗小景

一、月下动员

　　一九三九年十一月二日晚,月亮出在东方,战士们集合在打谷场上,教导员开始向他们讲话了。教导员当过陕北红军,是个政治工作的老手,他并不费力气地使全场战士都为之激动。他告诉大家:从涞源城出动的日军一个大队,正向雁宿崖一带前进。那地方是一个很险要很狭窄的山沟,正是歼灭敌人的绝好地形。我们的任务便是以歼灭战的胜利来庆祝晋察冀军区成立两周年。一连正好要去军区参加比赛,他们便向我们提出要求,一定要打一个漂亮的歼灭战;我们也向他们提出要求,要他们以比赛的优胜来配合我们的胜利。于是双方的战斗热情都为之鼓舞了。

　　正如柯仲平的诗:月有光,山有阴。我们像走进一幅浓墨画里。寒冷的月色照着山谷的白沙与骨棱棱的山石,脚下的路更显得崎岖和大水后的荒漠。

　　我首先跟着机枪连行进。战士们沉默着,像在思索什么,只有通讯员王清江叽里叽喳地说话。天亮赶到黄土岭,大家吃着小米饭,他又招呼人们不要吃饱,准备下午多吃日本饼干,其余的人附和着越发兴奋起来。前面大炮空隆空隆地响着,战士们纷纷嚷道:"不会□来了。"

　　从一道山沟里,队伍下了山,山那边便是敌人了。大炮空隆得讨厌,"咝儿——咝儿——"从我们头上穿过,在不远的山头上爆炸,升起一朵朵蓝烟。在这紧迫的时间,三连的支部书记召集了全连的党的活动分子会,讨论怎样带领新战士不惧怕地来完成任务。这个支部书记是长征路上参军的红小鬼,年轻漂亮,性格活泼,一笑一口白牙,大家都很喜欢他,因为他是四川人,都开玩笑地叫他"锤子"。这时,他正站在山坡上大声地给战士们讲话。太阳已经出来了,照着那些欢喜而且怀着胜利自信的共产党员们的脸色。他们都决心为我们的老一团——这个在安顺场首先冲过大渡河的老红军团争取新的光荣。

二、战场小景

随后我们就实行接敌运动了。我的心也像新战士一样紧张而忐忑。支部书记和连长在前边领着,我和战士们用小步跟进。我们进入了一条山沟,有几个老百姓站在路边,用他们像是艳羡又像是感激的发光的眼睛望着我们,战士们立刻把枪握得更紧了。我观察战士,他们也都感到自己作为一个革命战士的光荣与所担负的责任。

机关枪的射击声和大炮的轰鸣声更加紧密。部队上了山,我趴在山梁上,向对面山上窥视。我还没有看清楚,这个红小鬼支部书记便大声地嚷起来:"哎呀!上去了五个日本人,瞄准!"于是带病的班长韩士林擎起黄黄的脸,对着机枪的枪尾"噗噗噗"一阵,两三个日本仔抱着闪光的枪滚下去了。但是河坝里那黄黄的小影子还往上蠕动,他们正在抢占一座高地。

"好哇!打得好哇!"大家叫着好。

红小鬼支部书记还是一个劲儿地嚷着:"你们注意呀,呵呀,又出来了,顺着河坝正往上爬呢,打,打!"又有五挺机关枪摆了上去,沉重的马克沁也咆哮起来。

敌人为了逃脱险境,拼命地往山上爬,很快占领了一座低山一座高山进行顽抗。他们已经陷入了天罗地网,四处的山上完全是我们的队伍。在阳光里,刺刀闪着异常明亮的刀光。远处,右后方的大黑山上，也有密密的模糊的人影，别人对我说那是青抗和自卫军。东边较远便是长城了。那长城蜿蜒的腰身上，此刻弥漫着一带紫色的云气，笼罩着炮楼和堡寨，更显出这场景的无限悲壮。

正在我举目远望的时刻，那边一簇簇的人已经冒着敌人的炮火前进了。

三、第一次冲锋与第一次反冲锋

冲锋号在西北的高山上吹起了，它撕裂了白色的云传播开来。我们头顶上的机关枪出色地击打着敌人的阵地，那急速而激烈的拍子使人心惊。三连开始冲锋了。这时候，红小鬼支部书记把棉衣棉裤完全脱了。他只简单地向战士们鼓动了几句，便冲在了最前头。战士们"哇"的一声随着他的身躯飞开了。他们像滚动的火炭一样，向着敌人的山头冲去，敌人的歪把子机关枪朝着冲锋者激烈地发射。

战士魏廷栋，人都叫他迷糊，十八岁了，在这次战斗中显得出奇的英勇，他一个接一个地把手榴弹甩到敌人的阵地上。他每投出一个，先是冒烟，随后"轰"的一声，更浓的蓝烟便笼罩着山头，敌人的眼睛倒是被他迷糊住了。不一时，敌人被迫撤到山的侧翼，三连随即占领了山头，紧接着东边山头上的敌人就用密集的弹雨向冲锋的胜利者盖了过来，炮弹也一连串地落到那个山头上。顽强的敌人进行反冲锋了，把我们的人又压了下来，有几个人受了伤，又退回到原来的阵地。敌人重新占领了那个蓝烟笼罩的山头。蓝烟袅袅上升，渐渐变成了白色，像浓重的雨云。

这时，敌人的炮火又进而集中到三连退守的山头上，想把他们进一步逼退。可是红小鬼支部书记，还有老战士和党员们不断地鼓励着新战士，一个个仍旧趴在烟幕里，像晋察冀倔强的大山一样屹然不动。

四、第二次冲锋与第二次反冲锋

少顷,副营长愤恨地咒骂着,很远的山头就听得见他那声音:"这日本仔这样的顽强呀,马上进行第二次冲锋!"于是机关枪掩护着,第二次冲锋又开始了。红小鬼支部书记用驳壳枪向前戟指着,鼓动着战士:

"我们已经把敌人包围了。同志们!到了嘴里的肉不能再吐出来,就是死了也得夺下阵地!你们说有把握没有?"

"有!"战士们激动地齐声回答。

"对!"支部书记满意地接着说:"今天我们为了国家,为了民族,不顾一切地冲吧!"

于是"哇"的一声,他们又像旋风一样地卷向敌人的阵地了。支部书记的声音,和他那充血的发红的眼睛,还有他那高高举着驳壳枪的英姿,深深地使我感动。在这一刹那间,我认识了一个共产党员真实的姿态与一颗赤红的为民族的忠心。

像前次冲锋一样,我们占领了那块阵地,但是又像前次一样被敌人顽强的反冲锋压退下来。红小鬼支部书记硬是不退,他带着五粒子弹和一身的鲜血滚下来了。

五、第三次冲锋——病号排的战斗作风

太阳已经斜到了正西,将要落山了。双方对峙着,顽强对着顽强,很容易使人感到今天的战斗不能解决了。过了一会儿,经过准备,第三次冲锋开始了,孟宪荣是全营最优秀的轻机关枪射手,无法统计他射死过多少敌人。只要敌人在前边他可以看得见的地方运动,不管他们身上带着什么"军人安全"或"金甲神守护"的纸封,都是无可逃避的。今天他又大显神威了。为了掩护冲锋的同志们,他那

挺机枪发疯似的咆哮着，把敌人打得吱哇乱叫，眼瞅着有五六个敌人乱纷纷地应声倒下。团长用年轻而愉快的声音在后面大声地喝彩："好呀，模范的射手呀！再来一个呀！"

随着团长的声音，喝彩声雷鸣般地响起来。这时，由于伤亡增大，不得不把战前组成的病号排也拿了上去。虽然全排都是病号，排长曹葆全却是一个英勇善战的著名人物。当冲锋号声刚刚响起，他就率领着全排"哇"的一声冲下去了。说也奇怪，这个病号排好像着了魔似的，不知从哪里来的那股子劲儿，一下就冲上了那个山头。随同冲锋的小迷糊魏廷栋，把新战士的手榴弹拿过来，在身上挂得满满的。他一个接一个地朝着敌人猛打，敌人一下子垮下去了，被压到深深的山沟里。我们的战士都立在山上往下猛烈地掷手榴弹，顿时烟气盖住了整整一条山沟，日本仔为浓烟所埋葬了。

四处的冲锋号响成了一片，震动了整个的大山谷。

敌人怪叫着，听来好似在哀哭。他们把枪丢掉，有的帽子也丢了，四处乱蹦乱跳，像猴子一样，有的跪下举起双手，挥舞着旗子……

有一个头脑非常顽固的人物，仍然拿着手枪藏在大石头后面进行抵抗。青年干事冲到他面前，他还用钢盔打人。敌工干事在外面一遍又一遍用日语喊话，他都不理，把魏廷栋气坏了，几步窜上去，抓住他的头发，打他两枪，他才倒在血泊里不动了。这个家伙穿着一件质地很好的绿呢子大衣，口袋里装着一本《宣抚心得集》。原来是个宣抚官，可怜的麻醉已深的人物。

顽强对顽强，但是谁最顽强呢？是日本"皇军"？还是越过大渡河的中国红军？今天的雁宿崖之战，又一次得到了答案。

六、记一个奇遇

在我们搜索山沟的时候，看见一个日本伤兵，不过十八九岁，倒卧在冰冷的岩石上,淌着血,钢盔滚在一边。他那两条粗壮的腿在痛楚地颤抖。我用几句单调而机械的日本口号安慰他,他起初不理,后来我们把刚缴获来的日本罐头让他吃,他却意外地用中国话回答我:"不怨你的!"说过,慢慢从口袋里摸出一张相片递给我瞧。这是一张用镜框装着的年轻而漂亮的小照,是他自己的照片。他还指着我竖着大拇指。

我带着好似不理解而又像理解了他的感情一样离开他,找担架把他抬向后方去了。

我沿着河坝向上走,染着血的日本人一堆一堆地可怜地蜷伏在岩石上。从那边过来很多很多的驮子,驮着各种炫目的胜利品,有子弹、炮弹、大米、大衣、毯子、饼干、罐头,真多极啦!每个战士身上都挂着两三条三八枪,很响地笑着,嚼着饼干和糖,一路谈着刚才和敌人搏斗的经过走过去了。

我跟着我们营的队伍往前走着。战斗已经大部分解决,只是还有几门山炮没有夺过来。敌人炮兵阵地的白旗,一遍又一遍地向这边被手榴弹烟掩盖的山沟悲哀地摆动着,意思是他们的人到那里同他们会合,然而他们今生今世再也不能回去了。

七、十几个人缴了三门大炮

我重新爬上一个山头,看见对面敌人的炮兵阵地已被我们的手榴弹打着了火。黄昏从四外的山谷无声地落下,荒草的火焰随着薄暮的寒风熊熊地燃烧着。

我们的营长李德才,外号"土老",他是当年掩护十七勇士横渡大渡河的机枪排长。这时,他看出残敌有动摇逃跑的模样,立即指示二连向敌人的炮兵阵地发动最后猛攻。

二连指导员老许接受了任务,立刻对他的连队作了动员,这个当年首先冲破天险大渡河的连队,很快就像风一样地卷到了河坝,向着这个最后目标冲击了。

优秀的射手孟宪荣仍然担任掩护。他真太叫我们兴奋了,在敌人动摇逃跑之际,一连三四梭子,打落了敌人二十多个,眼瞅着敌人从陡壁上咕噜咕噜地滚到了黑黝黝的山沟。有一个家伙还想把另一个快要滚下的家伙拉上来,孟宪荣哼了一声,手指一动,两个一齐滚下来了。

副排长赵炳芝端着一支冲锋式,冲在前边呼喊着,别人也随着他喊。这声音太令人感动了,简直就是悲壮的诗。手榴弹红色的花朵,鲜艳夺目地接连开放在炮兵阵地的周围。敌人发出恐怖的嚷叫,简直像鬼一样,有的则是哀哭了。赵炳芝扫了一梭子弹,向前一扑就抓住了炮架,他心里喜欢极了,却不防从漆黑的炮脚下伸了一柄刺刀,挺进他的胸膛。而赵炳芝既没有叫,也没有喊,他的手仍然紧紧地握着夺过来的炮架。

炮兵阵地被我们占领了。借着荒草的火光,看见一堆堆戴着红领章、黄五星的尸体,撇下他们可观的骡马、大炮,在夜色里发光的炮弹,躺在一边不动了。

至此,六百多名威风凛凛的日本"皇军",连他们的指挥官迁村大佐,就在雁宿崖这个偏僻的山村旁边全军覆没了。

冲锋的人们已经没有刚才那样紧张。十几个满城以东的新战士,用他们那经年劳动的农民的手掌抚摸着大炮,露出农民不洁净的牙齿,天真地、得意地笑了。

夜漆黑之极。四外零落的还有枪声,那是在搜索残敌。同志们蹲在山头,把罐头劈开了,把小白口袋撕开了,吃着罐头,嚼着饼干。"瞧,我的话没有错吧!"通讯员王清江又叽叽喳喳地说开了,大家笑微微的。他们似乎有点疲劳,但又像没有疲劳。

"我们从大龙华以后,好久没有打这样的胜仗了。"有一个战士说。

十一月五日寄自一分区前线

(原载1940年1月1日《抗敌报》)

吴伯箫

我还没见过长城

朋友,真惭愧,我还没见过长城,长城却已经变了颜色!

记得六年故都,我曾划过北海的船,看那里的白塔与荷花;陶然亭赏过秋天的芦荻、冬天的皓雪;天桥,听云里飞,人丛里瞧踢毽子的、说相声的;故宫与天坛,我赞叹过它的壮丽和雄伟;走过长长的西长安街,□□挤满了旧书及古董的厂甸;西郊赶过正月十五白云观的庙会,也趁三月春好游过慈禧用海军费建造的颐和园,那里万寿山下有昆明湖,湖畔有铜牛骄蹇。东郊、南郊都做过漫游,即无名胜,近畿小馆里也可以喝茶,吃满汉饽饽。还有走走就到的东安市场,更是闲下来溜达的大好地方。可是,六年,西山温泉我都去过,记得就没去过什刹海。为此,离开了故都会被人嫌弃说"太陋",说:"什刹海都没逛过,还配称什么老北京!"当时真也闭口无言。有一年发狠,凑巧有缘重返旧京,记得还没有进旅馆的门就雇好了去什刹海的车子。夏天,正赶上那里热闹,地摊子戏、搭台的茶座,直挨着访问了个足够。印象仿佛并不好,心头重负却卸去了。记得第二天才有空去文津街,进国立图书馆。

现在想:什刹海不见算什么呢?没去看长城总是遗憾啊!啊,万里长城!去北京只不过几个钟头的火车。

万里长城,孩提时的脑子□□早已印上它伟大的影子了。读中国古代史,知道战国时候,魏惠王、燕昭王、胡服变俗的赵武灵王,都曾段落地筑过长城,来卫国御胡。秦始皇遣蒙恬斥逐匈奴之后,又因地形,制险塞,从临洮至辽东将长城来了个连络的修筑,延袤万余里。工程的浩大,那不是隋朝的运河和非洲的苏伊士所能比拟的。秦始皇焚书坑儒，建阿房，锁兵器，千百年来在人们的脑子里留下的是一个暴君的影子。独独万里长城至今亮在祖国人民的心里，矗立在祖国连绵的山上，成为四千余年文明古国的标志。这不是因为万里长城是秦始皇的什么丰功伟绩，而是因为它是几千万古代劳动人民血肉的结晶！

曩昔，在骆驼书屋，听主人告诉："有一次趁平绥车，过南口车站，意欲去青龙桥，偶尔站台小立，顺了一目荒旷的山麓望去，遥瞻依地拔天的万里长城，那雄伟的气象使你不觉要引吭高呼。嵯峨的山巅上是蜿蜒千回的城墙，是碉堡，是再上去穿窿似的苍天。山下是乱石，是谷壑，是秋后的蔓草婆娑。西风刷过，那一脉萧萧声响，凄凉里含了悲壮，令人巍然独立，觉得这世间只有自己，却又忘怀了自己。"很记得，主人说时从沙发椅上跳起来，竖起大拇指，蔼然的脸上满罩了青年的光辉。记得从万年书屋出来的归途，披了皎洁的三五月，自己迈的是鸵鸟般的大步。

又一回，一个青年画家朋友谈到自己绘画的进步，说几乎像英国拜伦一觉醒来成了加冕的诗人一样，是逛了一次长城，才将笔法放开，心胸也跟着宽阔了的。那谈吐的神情也简直令人疑惑他生生吞下了一座长城的关口。是呢，听说太史公司马迁周览了名山大川，文章才满蕴了磅礴的奇气。江南风物假若可以赋人以清秀的姿容、艳丽的才藻，塞北的山峦与旷野是会给人以结实的体魄、雄厚的灵魂的。啊，长城！

从山海关一路数去，你知道吗？像喜峰口、古北口，像居庸关、雁门关，一个个中原的屏藩要塞，上口真要有霹雳般的响亮呢。一夫当关，万夫莫敌，守得住一处，就可保得几千里疆域。啊，真愿意挨门趋访，去问问古迹，温温古名将的手泽，从把守关口的老门丁和城下淳朴的住户那里，听取一点孟姜女的传说、金兀术与忽必烈的史实。但是我还没去，竟然已无缘去了！

朋友，你可想过，在长城北边，那黄河九曲惟富一套的地方，带一帮茁壮的男女去组织一处村落，疏浚纵横支渠，灌溉田亩，做一番辟草莱斩荆棘的开垦事业吗？那里地土最肥，人烟稀少。你可想过，在兴安岭的东南，阴山山脉的南部那一抹平坦的原野，去借滦河、饮马图河的流水，春夏来丰茂的牧草，来编柳为棚，叠土为壁，于"马圈子"里剔羊毛，养骆驼，挤牛奶吗？那工作顶自由，顶洒脱。不然，骑马去吧！古北口的马匹有名哩。凑煦日当头，在平沙无坝的原野里，你尽可纵身于野马群中，跨上一匹为首的骏骥，其余的会跟你呼啸而至的。不要怕那嚯嚯嘶声，那不是示威，那是迎迓的狂欢，你就放胆驰骋奔腾吧，管许将你满怀抑郁吹向天去。"毡幕绕牛羊，敲冰饮酪浆"，那边塞寒冬霏雪凝冰时的生活，你也想尝尝吗？住蒙古包，烤全羊，是有它的滋味的。汉王昭君曾戎装乘马抱琵琶出塞而去；文姬归汉，也曾惹得胡人思慕，卷芦叶为吹筚，奏哀怨的十八拍。巾帼中有此矫健，难道你堂堂须眉就只知缩了尾巴向后退吗？

唉，说什么，朋友，我还是没见过长城！在恨着自己，不能像大鹏鸟插翅飞去；在恨着自己，摆不脱蜗牛似的蹊径，和周身无名的链索。投笔从戎倒好，可惜没布班仲升的韬略。景慕张骞，景慕马援，但又无由出使西域，去马革裹尸。奈何！哈，"匈奴未灭，何以家为！"汉骠骑将军霍去病那总算有骨头！无怪他六出伐匈奴，卒得威震异域。

我还没见过长城！但是，长城我是终于要见见的！有朝一日，我们弟兄从梦中醒了，弹一弹身上的懒惰，振一振头脑里的懵懂，预备好，整装出发，我将出马兰峪，去东北的承德、赤峰；出杀虎口，去归绥、白灵庙；从酒泉过嘉峪关，去安西、哈密、吐鲁番。也想翻回来，再过过天下第一关，去拜拜盛京，问候问候那依旧的中国百姓！

长城，登临匪遥，愿尔为祖国作障，壮起胆来！

一九三六年二月十七日

（选自《羽书》，文化生活出版社 1946 年版）

羽　书

羽书，或羽檄，翻成俗话，应是"鸡毛翎子文书""鸡毛信"。这东西仿佛是很古就有的。《汉书注》里说："……以木简为书，长尺二寸，用征召也，其有急事，则加以鸟羽插之。"《史记》里也有"以羽书征天下兵"的话。出于古诗词的更数见不鲜，如高适的《燕歌行》里"校尉羽书飞瀚海，单于猎火照狼山"，岑参诗里的"羽书昨夜过渠黎，单于已在金山西"，都是。想来，羽书是用之于紧急事的无疑。因为，古时候虽有睿智如诸葛先生者，能发明木牛流马用作战争利器，但用电波来传话、递报的事却还没人晓得。信鸽呢，难得役使自如；蜡丸书呢，又嫌麻烦费事；于是檄文插羽毛，意使急行如飞，就算尽紧张迅速之能事了。不信，那木简的另一面所常写的"速速速"的字样，就很敌得过于今电文上的"十万火急"。

童年在家乡当小学学生的时候，曾朦胧记得有过"鸡毛翎子文书"下乡的故事。说朦胧，那是岁时月日记不清的意思，留的印象却很深很深，至今回想还历历在目。

是一个黄昏。黄昏，在中年人易多闲愁，"闲愁似与黄昏约"；在小孩子就易生恐惧。那晚也是。都吃了晚饭吧，巷口有的是立着谈闲天的人。有牵了牛到村边湾里去饮牛的。家家门口的狗在冷打慢吹地吠着。也有谁家妈妈唤孩子的声音。空气很平静，不，又有点儿异样的浮动。忽然一个邻庄的小伙子跑来了，满头是汗。对，是冬天，有点儿风呢。那人穿着短袄，扎着腰，戴一顶瓜皮毡帽。跑到人丛里，站定了还喘。说是找庄长。问："什么事？"他喳喳着说："鸡毛翎子文书！"声音很低，但很清楚，很有力。站在周围听的人脸上都立刻罩了一层严肃与矜持，互相看看，也偷偷回头瞧瞧，气氛恰像深秋的霜朝。我那时虽还小,是头一次听说"鸡毛翎子文书",但也打了一个寒噤,为什么却不知道。

有人把庄长请来了。不知谁去的,那样快,一请就到。仿佛原就在眼前似的。那人从腰里掏出文书来,又喊喊喳喳地说:"口字镇,啊啊,初五鸡叫赶到!三个,啊啊,每人一根白蜡杆、两束干草。啊啊,一庄传一庄。不得有误!不去的烧……"他说着,大家一壁听,一壁看他手里的一个木牌,那就是文书了。方方的,下端有柄,顶头插两根鸡毛,正面写字,是"速速速"。听着看着,人人的嘴都闭紧了,身上顿时充满了小心与力!庄长接过木牌来,手都哆嗦了。即刻吩咐,结果是家里一匹马应差出发了。骑马的是铁蛋百顺。

记得,天紧跟着就黑了,漆黑。我被父亲看了一眼就跟着家去了。

狗仿佛都不再吠,沉默锁在了全村,像暴风雨的前夜。

那晚,家里的马回来似乎已半夜了。大门是上了锁又开的。

过了几天,忘记是几天了,初五。口子镇上发了大火,烧的是各村带去的干草。县长的轿子在那里被农民捣毁了。坐轿子的是上头派下来的量地委员,受了重伤。县长听说是化装成庄稼老头逃跑了的,穿着破棉鞋,棉袄露了瓤子,也戴一顶瓜皮毡帽。说是一天没吃饭,叫了人家"大爷",人家才给了一口饭汤喝,都传得有名有姓。

后来事情怎样进展不很清楚,只知道当时城里好几天没有官。要丈量地亩的也不丈量了。

这是一回"鸡毛翎子文书"的事。从那直到现在没再听说哪儿还闹过这玩意儿,可是总觉得哪儿是在闹着。速!速!速!很快就集合了大帮人,烧着大火,千万根白蜡杆底下,有人被打倒了,有人被赶跑了,生活总要变变样子。那"鸡毛翎子文书"像雷公电母,又像天使,它散布着风雨,也常是带着幸福,在飞!

八月十五，把异族侵略的敌人一宿中间从中原版图上肃清，民间是有过传说的。那真是悲壮、痛快、可歌可泣的历史的页数！可是谁发的命令呢？多言的嘴是怎样用秘密的封条封拢的？觉得神妙了。我想，传递消息会用的是"鸡毛翎子文书"吧？虽说山遥水阻，交通多滞塞不便，但你晓得，羽书是会飞的！虽说中原版图辽阔，足迹殆难踏遍，然而，速速速，羽书是飞得快的！虽说敌人已布满了中原，混进了户户家家，做了户户家家的主人，但你要明白，愤怒锁在了每个中国人的心里，血液都被狠毒煮沸了，即使怒不敢言，笑里也可以藏得住刀子！哪怕它敌人再多些，只要下深了锄，自然会连根也拔尽了的！

啊，"鸡毛翎子文书"飞啊！去告诉每个真正的中国人，醒起来，联合了中国人民真正的朋友，等哪一天，再来一个八月十五！

一九三六年二月四日大风夜

（选自《羽书》，文化生活出版社 1946 年版）

袁潮

白 云 山 上

一九四二年五月，日本鬼子集中了五六万主力部队和四五万伪军，从平汉、同蒲两铁路线同时出动，向太行根据地进行了空前规模的残酷的大"扫荡"。

浆水是太行山里的一个大镇，是太行根据地开辟最早的一个地区，也是这次敌人"扫荡"的重点区域。

十号的下午，从平汉线出发的敌人已经两路侵占了邢台山川里的大部地区，并在浆水镇打下了临时的据点。浆水镇一带的群众，都已在当天的早晨转移到西南的白云山上。

白云山距浆水镇有八九里路，是那一带最高的一座大山。因为山上常有云雾飘浮在山间，所以那一带的人们把这座山叫作白云山。山势非常险要，除了西面和太行山巅相连接以外，其余东、南、北三面都是直上直下的绝壁，和前面的王莽山、南边的五指山都不相连贯，通往这座山上的道路只有朝东面一条，而且是一个弯曲的羊肠小道。

山顶上长满了栗树、枣树、大圆叶的秋树，到处都是膝盖高的野草。正是阴历四月栗花开放的时候，满山遍野都是香喷喷的。山上的人散布得满山遍野，山洞里、岩石下、大树下，一堆一伙的老头、小孩、妇女、牲口……到处都是喊叫声、哭号声、驴叫声，到处传播着嘈杂的响声与山谷的回音。

转移到这座白云山来的，有浆水、南峪、下店、安庄、河东五个村庄的民兵和老乡，还有浆水区武委会主任周文芳。他们等到全部群众转移到山顶以后，根据县指挥部的命令，便由周文芳领导着成立了浆水小区战时指挥部。参加这个指挥部的有周文芳、浆水民兵队长李永华、镇长王永合、安庄村长李来成、南峪村长张老五。

指挥部下分了两个组,一个是后方工作组,由王永合、李来成、张老五及各村民事委员等十五人组成。专门负责群众的转移、隐藏,解决生活方面的困难和纠纷问题。另一个是前方战斗组,参加这组的是各村民兵,共有四十八个人,编了四个班。李永华为总队长,周文芳为总参谋。除外,还组织了五十多个壮年,负责传递信息,帮助前后方运转东西。各村党的组织怎么办呢?为了适应战时需要,根据县委指示便由五个村庄的支部共同组成了战时总支委员会,由周文芳(区委之一)任总支书记,各村支部书记任委员。

这天,从路罗和稻畦两川南北两路进攻的敌人,已在浆水、安庄两村安下了临时据点。

第二天天不亮,山上的人都起来了,家家在用石块支起的锅灶做起饭来,到处冒着青烟,当东方发亮的时候,大家都已把饭吃过了。

太阳刚刚发红,李永华和周文芳把民兵集合起来,便带往前面的山头去,有的蹲在石块上,有的蹲在草窝里,还有的爬在栗树上,个个都瞅着据点的敌人。李永华和周文芳直梗梗地站在大石头上,向四外瞭望,天气格外清亮,一切都看得清清楚楚。两边山上的栗树和青草长得一片鲜绿;前面大川里的水像一条洁白的丝带,弯弯曲曲流向远方;两岸的麦田长得一片金黄,风吹麦浪,像起伏的波浪。李永华用手指着大川,怒狠狠地骂道:"你看今年的麦子长得多么好!可恨他妈的鬼子又来跟我们捣乱了!"周文芳用坚决的口吻说:"我们要狠狠地打击敌人,保卫麦收,保卫家乡!"

太阳升得很高了,还没有发现敌人的动静,根据过去的经验,每次敌人"扫荡"的规律,大都是第一天住下以后,第二天就会出来搜山,而且太阳一发红就会出发的。现在呢?大家坐了老半天什么动静也没有。蹲在山头上的民兵已经感到有些无聊了。

大家在山头上爬了一天,太阳偏西的时候,除掉留下几个放哨的以外，才回到山洼去休息。

第三天，敌人开始"清剿"了。

太阳发红的时候，北边对面的老爷山上响起了激烈的枪声。当周文芳、李永华正要带领民兵爬上山顶去时，北山头上传来了紧急的情报：

"喂！大家注意！老爷山上发现了敌人……"

"快，快爬到山头去！"李永华下命令。民兵们从树林的青草窝里嚓嚓地跑上了山顶。

老爷山和白云山相距很远，南北隔着一条大川，所以除了山顶上的古庙（老爷庙）和一些大树可以模糊的看见以外，敌人的动作是一点也看不清，只听得从北山顶上传来激烈的枪声。

敌人在老爷山上"清剿"的时间很长，从早晨一直到半响，枪声才渐渐地稀少了。民兵们估计敌人已经退回去，他们便从山头上爬了下来，整了整衣裳，由周文芳、李永华带着回到山洼去。

敌人"清剿"了老爷山后，便于第四天清剿王莽山。

清早，敌人像疯狗一样爬上了王莽山顶。枪声"吼吼"地乱叫，惊得山上的红嘴乌鸦满天乱飞。

白云山和王莽山东西相对，中间只隔着一条横沟，敌人的一切动作都可以看得清楚。穿着黄色军装的敌人散布了满山遍野，机枪到处扫射，这里"嘣嘣！"，那里"哒哒！"，哭声、叫声、鬼子们的呼喊声嚷成了一团。

掩蔽在灌木丛里和大石峡里的民兵，亲眼看见了鬼子们的暴行：一批一批的青年、老头、小孩、妇女从万丈悬崖的山头上被推下崖去。民兵们的肺都气炸了，这怎能忍得下去呀！他们一致要求队长："打狗日的。"

李永华是个硬性人，早已气得眼睛发红，呼哧呼哧地直长出气！

但几次要下命令都被周文芳阻止了。虽然距王莽山不远，但打枪是够不到的。打枪不仅没效，反而会引起敌人向白云山上打炮的。

敌人在王莽山上疯狂地跑来跑去，整整折腾了多半天才滚下去了。

东面、北面的两座大山都已"清剿"过了。明天呢？很可能向白云山出动。为了能很好地掌握明天的情况，周文芳、李永华便派出一班长刘春荣和民兵李不喜、郭小有三个人，去打探今天敌人在王莽山的情况。

天昏黑的时候，三个探信的民兵回来了。

周文芳住的岩石下面，围了一大圈子人，都来打问王莽山的真实情况。刘春荣往石板上一蹲，便唉了一声说："狗日的真是残忍极了！大河村的人，快……快叫他们杀完哪！"

"死的都是谁？"

"谁？听我给你们说吧！"刘春荣扳着指头一个个地说着："刘家春来死了，魁小死了，大脏、二脏弟兄俩都被鬼子挑死了……"他长出了一口气，接着说，"南坡上那个看病医生刘老善也被推到崖下去了。还有李振亮丈人家的人，死得最惨，丈母、小姨子都给刺刀挑通了胸膛，丈人李老有也被推下崖去，一家三口都完了！"

"我舅舅家里怎么样？"李永华很关切地问。

"别提了，"刘春荣叹了一口气说，"听说你舅父两口全被鬼子从山顶推到山下了，恐怕连尸首也收拾不起来啦！"

许多民兵听到这些情况，都低下了头流出泪来。

李永华这个硬性人从来不曾掉过眼泪，这次一听到舅父死得那样凄惨，泪珠再也止不住了。因为他三岁上死了父母，从小就在他舅父家里长大的。

的确，大河村的人受的损失很大。据刘春荣知道的就有三十多个

136

人死了,而且死得都很惨。除了用枪打死和刺刀挑死的以外,大部分都被推到山下摔得骨肉粉碎了。

周文芳呢?究竟还是一个沉得住气的人,他一点眼泪也没有掉,眼睛也没有发红,只是翻来覆去地向刘春荣问着敌人怎样搜山,有什么特点,大河村群众遭受损失的原因……因为他考虑的不光是仇恨敌人,主要是怎样打击敌人的问题。

根据今天王莽山的情况,敌人"清剿"有这么几个特点:爬山时不走道路,搜山时假装小孩哭妈妈,装大人叫孩子。发现了目标就打枪、呐喊。大河村吃亏的原因:一是把石雷都埋在道路上,大部分敌人没有从路上走,因此敌人很快爬到了山上;二是把牲口撒得满山洼,没有很好地隐藏,敌人到时,枪声一响,毛驴到处"哇!哇!"地乱叫,结果被敌人发现了目标。

周文芳细心地分析了各种情况以后,提出了对付敌人的办法:主动地打击敌人。怎样打法呢?第一个要在通往白云山的道口上,打他的一个埋伏,把石雷布置在路口的两边。敌人来时,石雷爆炸,趁机打他一个排子枪,给他个当头一棒。这一棒打住了,敌人就会退回去,假如打不住怎么办呢!随即把埋伏在山腰里的民兵撤到山洞来,跟他打游击。第二,明天要接受王莽山的教训,把老头、小孩、妇女都掩蔽在山洞里、石峡里。牲口哩?一方面发动大家拔些荆条长草编成草片,披在牲口身上;另一方面把毛驴嘴巴用绳绑住,避免枪响时大叫。周文芳说到这里就问大家:"这样的计划怎么样?"

"好!好!"民兵们一声大喊。

"怪不得叫你周参谋!一点不假!"

他们在纷纷地议论着。

李永华也觉得这计划很细密,提不出新的意见,只是笑着说:"妙极了!还是我们的上级有办法。"

于是，就按计划决定了具体行动。

夜间，月亮照得格外明亮。

李永华带着民兵到山下去布置明天的战斗。山洼里的人们，有的拔着野草，折着荆条，有的编着草片。山洼里"嚓嚓"的响声，给这明朗的月夜打起了清脆的节奏。

李永华、周文芳和民兵们几乎一夜没睡觉。

一切都准备妥当了。

第二天（已经是到山上来的第五天了），天不亮，人们就吃过了饭。妇女、小孩、老头也都躲到了石峡和山洞里，牲口身上都披上了青绿草衣，赶进了灌木丛里。

民兵们已全部在山根下埋伏好了。

太阳刚露头，正好浆水据点的敌人出发了。

前面山头放哨的民兵把立着的草人推倒了（草人是传递敌情的信号）。

民兵们埋伏在草窝里、灌木丛里。李永华、周文芳爬在石头后面，都聚精会神地瞭望着敌人。

敌人的大队、牲口践踏着麦田，大摇大摆地走来了。因为通往白云山上没有旁的道路，敌人走到山根时都拥挤在一起。敌人整顿了人马、牲口，正要准备上山的时候，刘队长在大石头后面暗暗地下了命令。

"轰！"

"轰！……"

石雷爆炸了，像一声惊天动地的霹雳，石块漫地飞炸，山地冒起一团团的黑烟。随着石雷的爆炸，紧接着又是一阵激烈的枪声。惊慌的敌人、牲口在草窝里到处乱跑，慌张地乱成一团。

敌人的机枪扫射过来了。敌人趁着机枪的掩护才撤离了石雷爆炸的地区。整顿了一下人马,还想再来一次冲锋,但又怕再中了石雷,便只好退回老窝去。

敌人刚刚撤走,民兵们就跑来打扫战场。的确,这场埋伏战敌人吃亏很大。死尸、牲口横三竖四地躺在草窝里,有的炸碎了脑袋,有的炸掉了胳膊,还有的全身都炸得开了花。血溅在石头上、草窝里到处都是。民兵们看着每一具死尸,狠狠地骂着:"狗日的!真是该死的东西!"

战场清查的结果:鬼子共打死三个,得了两支三八式步枪、一匹腿上受了伤的大个洋马,还有皮靴、大米、饭盒、罐头、饼干……乱七八糟的一大堆。

民兵们得了这些东西,个个都高兴得不得了。上山的时候,李振亮、刘春荣背着三八式枪,李不喜牵着大洋马,李永华、周文芳腰里挎上了明晃晃的东洋刀,活像两个指挥官,大家唱着歌,快活地爬上了山顶。

这一个胜仗,一方面对白云山及周围的老爷山、五指山的民兵有很大的鼓舞,另一方面也引动了敌人把主要目标对准在白云山上。为了这种情况,县指挥部特给他们来了一封信,大加表扬,并嘱咐他们不要骄傲,还要时时刻刻防备敌人。

第六天,天气大雾,山上山下的云雾到处拥来拥去。树枝上、草叶上的水珠滚来滚去,到处是湿漉漉的。

民兵们前天夜里没有睡觉,昨天又打了一仗,已经够疲累了。今天这样的大雾,大家估计敌人不会出发。天气大亮时大家还在休息。

谁知敌人诡计真多,企图趁着大雾来消灭白云山上的民兵。

天亮的时候,山头上放哨的民兵李振亮、郭小有,发现了山下有动静。石头块"哗啦"地在响,李振亮趴在山石上仔细地往下一看,云雾里有许多黑影向山上移动,他又侧耳听了听,似乎又有马蹄声响,他往起一站,说了一声:"敌人爬上来了!"便顺手从腰里掏出一颗手榴弹用力扔下山去。接着郭小有大声地叫喊:"就是敌人爬上山来了!"

山洼里的人们立刻惊动起来了。李永华正在岩石下睡大觉,骤然被周文芳一叫,立刻站了起来,抓住了大枪,吹起紧急的集合哨子,民兵们都扛着大枪匆匆地跑了过来。

李永华下了紧急命令:"敌人已经快冲到山上来了!同志们,沉住气!赶快占领前面的山头。"

民兵们在李永华、周文芳带领下,踏着湿漉漉的草地悄悄地爬上了东山头。在白茫茫的迷雾中什么都看不见,只听得山腰里的石头"哗啦!哗啦!"地响。他们朝着响声试探地投下了几颗手榴弹。

"轰!"

"轰!……"

手榴弹在云雾里爆炸了,黑烟和云雾滚成一团。随着一阵激烈的机枪向山头扫射过来。敌人的先头部队冲上山来。李永华托着大枪,把牙一咬,大喊一声:"冲呀!"带着民兵冲过去了。接着一阵手榴弹把第一批敌人打得退下了。第二批敌人又冲上来,民兵们又是一阵手榴弹,又把敌人打了下去。第三批、第四批都被民兵打下去了。

最后,大批的敌人冲上来了,可是民兵们的手榴弹、子弹都已打光了。

李永华瞪着眼,托着刺刀,喊了一声:"同志们,拼呀!"就猛冲了过去。接着民兵们跟着拥上去。李永华真是一个勇汉,个子又高大,冲上去的时候一连刺倒了三个敌人。最后三个敌人夹击他,被刺穿了胸膛,鲜血直喷出来,刘春荣一见队长躺倒了,迅速地冲过去,把敌人一连刺倒了两个。

在云雾里挥动着闪光的刺刀,血溅在草叶上到处是红血洼。

民兵们个个都很勇敢，他们习惯了的山间生活，在灌木丛里托着刺刀穿来穿去，十分灵活。鬼子穿着沉重的高筒大皮靴，在青草窝里像鸭子一样的拙笨，最后被民兵们拼下去了。

这场大战虽然把敌人打下去了，但付出了很大的代价：队长李永华、第一班长刘春荣、第三班副班长李振亮都壮烈地牺牲了；安庄的民兵郭小有挂了重彩；周文芳呢？虽说没有挂重彩，但浑身上下的衣服，被刺刀擦得和枣针挂得一片一片的，几乎没有一块好地方了。民兵们，有的被枪弹射穿了衣服，有的被刺刀划破了皮肉，不受一点伤的几乎没有了。

这一场对民兵们的挫折是很大的。特别是李队长的牺牲，人人都感到很大的惋惜。但是情况越来越紧张，要求他们继续战斗，指挥部为了鼓动民兵们的战斗情绪，把牺牲的几个同志的尸首暂时安置以后，第二天晚上开了一个追悼会。各村干部和全体民兵都参加了。会上周文芳就对敌人的错误估计作了深刻的检讨以后，并向大家作了恳切而悲痛的讲话，号召全体民兵继续战斗，为牺牲的同志报仇。

战斗以后，敌人散出了许多谣言：什么"八路军大批队伍投降了，靠山失掉了，应当快快投降皇军，投降了皇军会优待你们，不烧不杀，还说皇军剿到山上，大人、孩子、鸡犬不留。"

两天以后，谣言一阵阵传来，飞机也嗡嗡着散发传单。

白云山的群众在山上已经坚持了十天十夜，粮食快要吃光了。在这种情况下，许多群众的情绪低落下来，民兵呢？虽然情绪还好，但大家的精神上已经感到有些恐慌，因为手榴弹和子弹都已打光了。

这种情况下怎么办呢？在周文芳的主持下，便召开了一个扩大的指挥部会议，除了指挥部的负责人以外，各村主要干部和民兵班长都参加了。会上大家把各种情况作了个分析，认为当前的情况是严重的，怎样扭转这个局面呢？经大家讨论的结果：认为一方面需要同县指挥部取得密切的联系,并与附近小区指挥部取得更好的配合;另一方面需要把全山群众的力量动员起来,坚持斗争,直到最后胜利。于是就按照着这个办法,作出了决定。

会议结束后,指挥部就马上派了两个自卫队员到县指挥部去送信,另外派了四个民兵到内羊、路罗两个小区指挥部去请求支援。

当夜就开始了宣传动员工作。为了能很好地转变群众的情绪,便首先在党内进行了动员。周文芳以总支部书记的资格,召开了党员动员大会。会上,他代表党向全体党员作了报告,把敌人和我们的情况向大家作了很好的分析。最后,他鼓动着全体党员说:

"党员同志们!敌人这次用的兵力是很大的,企图摧毁我们的太行根据地……但在我们党的领导下,全区军民到处都在打击敌人。我们同敌人坚持了十天十夜的斗争,虽然我们付出了很大的代价,但给了敌人很大的打击。目前,我们是处在最困难的关头,可是我们必须渡过困难……共产党员在困难面前,不是悲观失望,而是如何带领群众战胜困难,坚持斗争。我相信,有着我们毛主席的领导,有着我们全太行区的军民一致的斗争,就一定能够粉碎敌人的扫荡……"周文芳这个富有政治鼓动性的报告,给了全体党员很大的启示和鼓舞。

党内动员以后,正要在群众中进行动员的时候,恰好到县指挥部送信的自卫队员,绕着敌人的据点回来了。周文芳接住县指挥部的指示信,打开一看,上面写着:

"浆水小区指挥部的同志们!你们在白云山领导了民兵,坚持了十天的斗争,保卫山上的群众。你们这种顽强的精神是值得表扬的;但是应当认识,敌人还在用一切办法,企图最后'清剿'白云山。应当号召与组织全体群众,提高警惕,克服困难,继续坚持斗争,粉碎敌人的阴谋。现在我们的部队已从外线转移过来,而且在沙(河)武(安)之间打了胜仗。你们应当相信,敌人的扫荡是会很快被我们粉碎的。"

周文芳和指挥部的同志们反复地读了两遍，信心越发提高了。于是，决定当晚向全体群众进行动员。

晚上在树林里开起了群众大会。周文芳先把县指挥部里的信，向大家大声地读了两遍，随后又把当前的情况作了分析。最后他满有信心地说："乡亲们！不要发愁。我们有的是办法！只要我们大家都动员起来，就能够粉碎敌人的扫荡！我们有武器和子弹吗？有！有的是！我们的枪和子弹就是这座白云山！我们全山上的人都动员起来，把山上的石头都掀了起来，敌人来时从山上扔下去，还挡不住狗日的大炮和机枪吗？"

没粮的问题怎么办呢？他也提出了办法："发动妇女、老头到山上打野菜，吃树皮，咬紧牙关要坚持斗争，渡过困难，敌人的扫荡很快就会被粉碎的！"

周文芳得到上级的指示，办法越发显得英明了。他真像白云山上的活"诸葛"，经过他这一阵子的鼓动，大家的情绪稳定了下来，年轻小伙子们的勇气更足的。小伙子们说："办法好，非叫狗日的见了阎老五不可！"

第二天，白云山的人全都动员起来了。男男女女散布了满山遍野。妇女、儿童到处找着可吃的野菜，青壮年弯着腰把石块一块块地搬起来。

浆水附近小区的民兵，已经和他们取得了密切的联系。他们每天夜里到浆水和安庄据点扰乱敌人，不是摸敌人的岗哨，就是向据点里打土炮，使敌人整夜不能睡觉，所以战斗以后，一连五天没有向白云山上去清剿。山上的人们就利用这些空隙，用木杠、铁锹把山顶上的石头全都掀了起来。有的碾盘大，有的像水缸那样粗，小的也有粮食斗那么大，石头沿着山边堆在山顶上，像一座大围墙。

一天，大批的敌人拥到白云山下。

敌人知道民兵已打完了子弹，爬山的时候十分大胆。迫击炮叫了两声，山上也没有动静，野兽们便更不在意地沿着崎岖的山路向山上爬动，心里在做着梦。

趴伏在山头上的民兵一见敌人向山上来，都想马上动作，一致要求周文芳："快发命令吧！还不动手等什么？"周文芳的答复是："不要慌，再等一等！"

当敌人蹒跚地到了半山腰，周文芳便急促地发下第一道命令：

"同志们！开始发射了！"

山上的大石块"哗啦哗啦"地飞滚下去了。好像几百门炮一起发出了炮弹，满山惊天动地的冒起了狼烟，飞快的石块撞着山间，到处爆炸着。敌人在弯弯曲曲的山道上，有的倒下了，有的抱着头到处乱跑。

一会儿，敌人从山腰退了下去。

敌人的迫击炮激烈地向山顶发射起来，山上的石声也渐渐地稀少了。敌人以为民兵们的石头大概已用完，便又整顿了人马，向山上扑来。

其实，民兵们扔下的仅仅是第一批，而且还是较小的石块。他们叫作"小钢炮"，更大的石块还留在后面呢！他们叫作"迫击炮"。周文芳一见敌人又爬上来了，便发出了第二道命令：

"同志们！开动大炮！"

于是四五个人推着一块块大石头，滚下了山头！

这石头的个是真够大！个个都有人来高，几搂粗。滚下山去，发出"轰隆轰隆"的声音！震动得满山发响，撞着山间的石头到处开花。一个大"炮弹"爆炸成无数的小"炮弹"，这"小炮弹"也同样的在爆炸着。

"轰隆！""哗啦！""咕噜！"响成了一片。

在这样密集的"炮弹"猛击下，敌人又被打下去了。

敌人往山上扑了几次都被打下去了。虽然野心不死，但还有什么办法呢？只好狼狈地窜回了老巢。

民兵们打了胜仗，个个高兴得都一蹦三跳地跳起来了。他们为了庆祝这个大胜利，夜间在树林里会起餐来了。参加这次会餐的除了各村民兵以外，还有各村参加战斗的青壮年和做后方工作的干部。树林里黑压压地坐了一大片。他们杀了那匹被打伤的大洋马，煮了三大锅马肉，做了三锅玉茭和野菜稀饭，痛痛快快地吃了一顿。这种战争生活，说来是怪有趣的，大家一面吃着马肉，喝着玉茭稀饭，一面说唱不休。安庄民兵刘小刚来了一段山西梆子，浆水村长王永合唱了一段南调，周文芳不会唱戏，给大家讲了一段话。大家整整闹了一个晚上。

过了两天，传来了胜利消息，敌人"扫荡"太行根据地的计划被我全体军民粉碎了。浆水据点的敌人在烧毁浆水、安庄村以后，便向敌人占领区全部撤退了。

胜利的消息传遍了白云山，山上的人高兴得都要跳起来了。下山的时候，周文芳带领着民兵在前面领着头，群众跟在后面，拥啦拥地走下山来。

（选自《白云山上》，火星出版社 1953 年版）

张帆

焦 大 海

焦大海是行唐人，曾在冷口、界岭口和敌人作过战，使得一手好机关枪。他今年才26岁，身体魁梧，眼光炯炯有神，性格开朗豪爽，声音粗大坚强。头发乌黑，胡须稀薄。他每根毛发都充满了大胆、机智和果敢，他的名字像传奇人物一样为广大的人民传述着。由于他对行唐风土、人情、地理的熟悉，和与人民血肉的关系，他创造了许多光辉的战绩。究竟他毙伤了多少敌伪军，连他个人也记不清了，他只记得在前年调换工作的时候，鉴定表上写着，他毙伤了敌伪五六十名。

一、"文武村长"

1938年，当战争卷到家乡的时候，焦大海便担任起村长、武委会主任和学董的职务，他工作非常积极，人们都说他是能干的"文武村长"。

十八团驻在他们村里，他高兴得很，给他们杀猪宰羊，带路打仗。

一天，敌人突然来攻村庄。部队马上和敌人展开了血战，正打得激烈，我们的机枪坏了！焦大海忙着跑过来，把机枪修理好，他一梭子打死了五六个敌人，又一梭子把冲锋的敌人击退了。

"不行，拉出去吧！"他和营长商量。

他端着机关枪，打出了一条血路，使得敌人遭到相当的损失。

第二天，十八团王政委派了二十几个骑兵通信员，带着大批礼物，有猪、鸡和酒送到他家里。

"团长请你到团部住几天。"通信员对他说。

他跟着通信员到了团部,王政委一见他便说:

"老焦,你当副营长吧!"

焦大海沉静了一会儿,才说:"不行,我还有个80多岁的老祖母!"

过了一年,权县长去找他,说:"你在咱们行唐干群众武装吧,不出县。"

焦大海接受了权县长的意见,干起群众武装,当了六区大队长兼指导员。在一年中,他把全区每个村里的民兵都组织起来。只要他站在山坡上一吹牛角,全区成千成万的民兵,在三个钟头之内就马上集合好了。

夏天,他病了,回到家里。

一天,他刚一出门便遇到敌寇汉奸十几个人。

"焦大海,你今个可没带枪!"汉奸叫着:"看你往哪里跑!"

焦大海很沉着地拿着一根粗大的棍子,躲在门后:"老子没有枪,你进来!"

"出来!"敌人在外头叫喊,但是不敢近前。

焦大海趁这空子,跑上房顶,可是敌人也爬上去了。

"看手榴弹!"他扔出去一块大坯。

敌人恐怖地卧倒了,他跳下房子,骑上敌人的车子就没影了。

二、保护群众利益

敌人总是捉不到焦大海。没有办法,就把他的家烧了,可是焦大海说:"烧了我的房子,烧不掉我的抗日决心!"

他抗日的情绪更加激荡。他领着自卫队到城边出操、打仗,每一次敌人出犯大区,都被他打垮。

麦子熟了,敌人要抢。焦大海急了,他组织了前卫队(二三十个人),每天在城关附近活动。

一天,下午三点钟,一个前卫队员气喘着向他报告:"敌人出来了，人很多。"

焦大海忙着跑上山头，吹起了牛角，立时就有二百个"抗先""自卫队"带着火枪、长矛集合了。

没有讲话，他就带上他们要和敌人打，可是一看敌人有五百，他马上想起"尘土飞起者是骑兵，尘土卧飞者是炮兵"，便向大家说："分成三个梯队，都要在沟里走！第一梯队在右边，第二梯队在中间，第三梯队在左边，个人与个人距离十步，绝对不许打枪，都要弯腰踢土！"

抗先和自卫队们都按照他的话去做，一时道沟尘土飞扬，敌指挥官看见飞起的尘土，马上命令部队停止前进，说："不好，敌人三路骑兵上来了，快往回跑！"

敌人像兔子一样地跑了。民兵和老百姓们都咧开了嘴："看我们的'骑兵'多么厉害！"可是焦大海没因为这一胜利而迷惑，他总是想："如果敌人要真的打，可就糟了，非有一个顶事的武器不行。"

经过了多日的苦思，他创造了一种铁制的"五子炮"，能打二里多地，他非常满意自己的创造。经过上级允许，他又造了三门。

自从有了"五子炮"，民兵们每天伏在行唐城附近，敌人一出头，他们就打。

这样一来，敌人很久不敢出来扰乱，老百姓都高兴地说："要不是焦大队长，鬼子不知怎么折磨咱们哪！"

一次，焦大海从城关收公粮回来了。走到左石洞，遭遇了三四个敌人，他不慌不忙地摘下金钩枪和敌人打。后来他看敌人太多了，便摘下军帽放在一块土疙瘩上，脱下军衣用高粱秆撑起，放到另一个地方，军裤也脱下，放在庄稼上。然后，他从这里打几枪，从那里打几枪，就顺着道沟往东跑了。

敌人对准军帽、军衣、军裤打了整整两点钟，可是总打不倒它们，后来敌人"呀呀"地冲上来，一看那里没有人，只有军帽、军衣和裤子。

"好小子，跑不远，追他！"敌人没有顾得拿他的东西便往西追，跑了十几里地，连焦大海的影子也没有找见。

三、化装歼敌

1941年秋季反"扫荡"的时候，焦大海带着十几个同志袭击岸下。敌人的哨兵刚一发觉就被他一枪打死了，有三个队员和他立时上了房。屋里的敌人听见枪声，也忙着冲出来，一个手榴弹打到焦大海的身边，他急速地一脚就把它踢到院里，跟着就扔下12个手榴弹，打死了21个敌人。

经过这次战斗，敌人更注意焦大海了，他们研究了焦大海的行动规律和捉他的办法。一次在北伏流包围住了焦大海。

这是白天啊，焦大海怎么冲出七八十个人的包围呢？

焦大海没有惊慌，拉着自己的同伴转到一家老乡屋里。

"你们把头包起来，把枪露在外头，我叫你们怎样就怎样！"焦大海对两个队员说："咱们捅他们几个！"

焦大海戴上眼镜拿着盒子枪就走出来，正碰上一个伪军抢东西。

"叫你警戒你不警戒，你妈拉屁的干什么来了？"焦大海装着宪兵队队长的口气说。

"我就去，我是来这里看看。"伪军胆怯地说。

"我们的人哪里去了？"焦大海又问。

"在村西边。"

"好，你在那里警戒去吧。"焦大海命令伪军。

那个伪军到北边和另外几个伪军说："长寿宪兵队长来了，我差点挨了揍！"

他们正在谈着，后边响了一枪，回头一看就要跑，焦大海追过来就是一顿盒子枪，把伪军打死了三四个，便和两个队员骑上车子跑了。

四、受伤之后

前年反"扫荡"之后，行唐平原地区特务非常猖獗，焦大海决心要给他们以打击。一天黑夜，天上没有月亮，也没有星光，他带着几个民兵，去高家伏流抓特务。焦大海一下跳上了房顶，抓着了一个最大的特务，但那特务猛然一跳，跳到另一家房上。焦大海因为眼力不好，没有看清，他一失足跌落下来，摔伤了右胯。

分区听说他摔伤了，寄给他一千元，叫他好好休养。可是他总是不能安心，总是想："永远不能抗日了，永远不能革命了！"别人劝他："不久就会好起来，就是残废也能抗日，也能革命。"但他还是发愁、悲伤……

一天，他找到了灵寿一个接骨医生，那医生告诉他："日子太长了，接骨恐怕很痛。"

"不要紧，来吧！"他态度很安然，口气很沉重，"我家里的人都被鬼子逼得上吊了，家里一切也都被敌人没收了，我并不伤心，我就怕没了腿不能抗日，不能革命了……老先生，无论如何，总要把我的腿接好。"

接骨头的时候，焦大海咬着牙，出了满身大汗，脸色苍白，心里"扑通扑通"地急跳，但是，他没有说出一个"痛"字。

经过了一年的休养，他的腿好了，他非常高兴，当被派到行唐武装部当作战股长的第二天，便到游击区工作，他向那里的人们说："我焦大海，一天不死，就抗一天日，革一天命，任凭鬼子怎么样，我焦大海是不离开行唐的，不离开你们的……我们的好日子快来了。"

五、"他是焦大队长"

今年 4 月，焦大海和某区大队长李春发，两个人一同到北张吾去，他们刚进村公所就看见六个伪军正在大吃大喝。

"李排长，把队伍布置好！"焦大海说着，就掏出枪喊："举起手来！"

"你们是中国人，你们是老百姓的儿子，你们打死老百姓，就是打死你们的父母，你们强奸了妇女，就是强奸了你们的姐妹！你们想想，谁没有家，如果有人打死你们的父母，抢了你们的东西，你们怎么办？"焦大海激昂地说。

"是！是！"伪军们垂着头。

"你们以后不许出来抢东西！希特勒快完蛋了，日本强盗也长不了，你们要留一条后路！"

"是！是！"六个伪军一动也不动地说："如果你再看见我们出来，马上枪毙我们。"

焦大海于是就把他们放了。

六个伪军回到炮楼上，有的伪军吓得说：

"你们都有关系，我没有，我叫八路军看着，以后再不打人不抢人了。"

5月13日，焦大海又和李春发到行唐城郊工作，在汽车路上他们看见远远地有两个伪军骑车子过来，就躲开路，等车子一到，他们猛然地用拳头把两个伪军打下来。

"你为什么不捆他？"一个伪军问焦大海说。

"捆的是你这小子，谁不知道你是个班长。"焦大海又转过身来问李春发："李队长，你带着这个家伙，我骑车子带那个。"

"遇到什么人，都不许你说话，要说就打死你。"焦大海向没捆上的那个伪军说："骑上车子，先走。"

因为这是白天，他们不能停在一个地方，也不能过封锁沟，就在行唐城郊转起来。

在北×，他们又遇到了三个武装特务。焦大海机警地喊住前边的伪军，自己也随着跳下车子。

"干什么的？"焦大海很神气地问那三个特务。

"做买卖的！"特务们说："你是干什么的？"

"石庄宪兵队！"焦大海说得非常干脆："有没有路条？"

"有！在家里。"特务以为焦大海和那伪军真是宪兵队的，"我去拿。"

"快去！"焦大海说。

三个武装特务根本没有听见"快去"两个字，就逃之夭夭了。

他们继续沿着汽车路前进。路上遇到××村长正丈量汽车路，准备造统一累进税税册。

"你是哪村的，干什么呢？"焦大海问××村长，其实他和××村长很熟，而且知道他是干什么。

"我看看皇军的汽车路坏了没有。"××村长认得他是焦大海，故意这样答。

"你们这些家伙，就知道洋鬼子，不知道八路军！"焦大海好像生气似的。

那没捆着的伪军，拉了拉村长，低声低气地说"你知道这是谁？就是焦大队长！"村长似笑非笑地点了点头。

自从这两个伪军被捉以后，行唐敌人下了一道命令："焦匪每日活动，十人以下的少数部队不许带枪活动，以防枪支损失！"

一九四三年六月九日